당신의 인생방정식은 무엇인가?

인생2막, 고수들의 인생작법

고영삼 지음

LIFE IS A
MASTERPIECE

당신의 인생작법은 무엇인가?

인생의 반환점

어떤 이는 성공하고 어떤 이는 실패한다. 어떤 이는 비상하지만 어떤 이는 추락한다. 인생 후반전 이야기다. 50대 중반의 사람들. 이제까지 비슷한 모습으로 살아왔지만 다르게 살아갈 시기가 오고 있다. 인간은 부모로부터 육신을 받아 탄생하고 그 후 사춘기를 지나 정신적으로 재탄생한다. 사춘기를 통해 신체와 정신이 온전한 사람이 된다.

이 관점에서 보면 인간은 60대 관문을 통과하면서 한 번 더 재탄생한다. 그래서 우리에게는 환갑(還甲)이란 용어가 있다. 환갑 이후의 삶은 첫 번째 삶의 결실이면서 새로운 여정이다. 신체를 어떻게 관리해 왔는가, 그 그릇에 어떤 정신, 가치, 지식을 담고 실천했는가에 따른 결실이다. 환갑은 이를 기반으로 한 번 더 나아가는 새로운 여정의 반환점이다.

서양 심리학에도 비슷한 관점이 있다. 심리학자 에릭 에릭슨(E. H.

Erikson)은 65세 이후의 삶을 '통합(integrity)의 시기'라 했다. 희로애락의 인생 의미를 겸허히 받아들이고 성숙한 인간이 되는 시기라고 해석한다. 확실히 어떤 이는 나이 들수록 나아진다. 더 유연하고 더 지혜로워진다. 하지만 그렇지 않은 사람도 많다. 현재를 불만족해하며, 미래를 불안해하는 사람들이다. 희망보다 절망을 느끼는 사람들. 그래서 60의 나이, 환갑의 반환점은 혁명점이기도 하지만 단명점이기도 하다.

인생의 방정식

무엇이 사람을 이렇게 다르게 만들까? 어떤 이는 흙수저였음을, 또 다른 이는 사나운 운수를 탓하지만, 평생 그것을 벗어날 방법이 진짜 없었을까? 진짜 이유는 다른 것에 있지 않았을까? 니체는 말했다. '인간은 극복되어야 하는 그 무엇'이라고. 확실히 지구 위 생명체 중에서 호모 사피엔스만은 초월을 상상할 줄 아는 존재다. 그리고 그 중 일부는 비상한 능력으로 난관을 돌파하기도 한다.

이렇게 탁월한 정신력이나 돌파력을 가진 사람을 만나면 정신이 번쩍 뜬다. 시인 이상국은 '사는 일은 대부분 악착같고 또 쪼잔하다'(《그늘》)고 했다지만, 삶의 걸림돌조차도 디딤돌로 만드는 사람들을 어찌 존경하지 않을 수 있겠는가? 인생이라고 다 같은 인생이 아니다.

어떻게 사느냐에 따라 위인이 되기도 하고 짐승이 되기도 한다.

　그럼 어떻게 살면 위인이 될까? 전 세계 경영자들이 가장 존경하는 경영자로 꼽힌 위인이 있다. 바로 일본 교세라의 이나모리 가즈오 회장인데, 그는 인생의 비밀을 '인생방정식'이란 용어로 설명했다. 그는 인생의 결과를 '사고법 × 열의 × 능력'으로 정의하며, 특히 '사고법'이 다른 요소보다 매우 중요하다고 강조했다. 열의와 능력이 아무리 뛰어나더라도, 어떤 방식으로 사고하느냐에 따라 그 운명이 확연히 달라진다는 것. 그런 의미에서 묻고자 한다. 당신의 인생방정식은 무엇인가?

　인생의 설계력

　필자는 대중 강연 중 늘 하는 말이 있다. '120을 기억하라'고. 60년을 살아온 사람들은 앞으로도 60년을 더 살게 될 것이다. 한국인들은 지난 수십 년 동안 2년마다 1년씩 평균 수명을 증대시켜 왔다. 이는 지난날의 보건·위생·의료 수준에 기반한 것이니, 앞으로 평균수명과 건강수명의 증가는 상상을 초월할 것이다.

　그런데 120을 기억할 때, 앞으로의 60년은 지나온 60년과 다르다는 것도 기억해야 한다. 지난 60년은 보호자가 많았다. 부모, 형제, 친구, 선배, 선생님 등으로부터 보호를 받아왔다. 경제적·정서적 지지도 많았다. 하지만 앞으로의 60년은 장담할 수 없다. 더 이상 온정적인 주변이 존재하지 않는다. 자칫하면 오히려 사방이 적으로 포위될 수도 있다.

그러면 앞으로 살아갈 60년을 어떻게 해야 할까? 이제는 마음을 다잡고 인생 설계를 해야 한다. 어떤 사람은 운칠기삼(運七技三)이라고 하고, 또 어떤 사람은 운칠복삼(運七福三)이라 한다. 그럴지라도 뜻을 품고 인생을 디자인해야 한다. 24시간이라는 하루도 정신을 차리고 시작할 때와 그렇지 않을 때가 다른데, 평생은 오죽하겠는가? 좋은 삶은 좋은 설계와 실천의 결과물이다.

인생의 승리자

좋은 설계와 실천을 하는 사람들은 어떤 사람들일까? 그들은 인생의 역경을 어떤 마음으로 받아들이고 돌파할까? 이 책에는 승리자의 탁월한 이야기들이 담겨있다. 인생일모작 이후 인생이모작기를 멋지게 진군하는 사람들의 이야기다. 이들은 인생이모작의 담론이 나오기 훨씬 전부터 이모작을 설계하고 진수를 펼쳐 온 분들이다.

이 인생 승리자들이 보여 온 인생의 통찰력을 지면의 제약으로 짧게 서술할 수밖에 없어 아쉬웠다. 그러나 눈 밝은 이들은 문자와

행간에 담긴 깊은 뜻에서 배움의 정수를 찾을 수 있을 것이라 믿는다. 세상이 혼란스러울수록 50대 중반에 선 사람들은 인생의 통합기를 준비해야 한다. 치열하게 살아왔지만, 아직도 갈증 많은 이들은 좌표를 점검해야 한다. 환갑이라는 인생의 반환점으로 가는 이들과 이미 도달한 이들은 이 책에서 더 나은 인생작법을 궁리해 보시라. 『인생2막, 고수들의 인생작법』을 통해 자신에게 꼭 맞는 인생을 설계해 보기 바란다.

이 글의 가치를 알아주신 출판사 호밀밭의 장현정 대표에게 감사의 마음을 전한다. 심각한 수도권 집중 시대에 그의 지역출판 문예활동을 응원하지 않을 수 없다. 알뜰히 도와주신 이영빈 편집자와 김희연 디자이너에게도 감사의 말씀을 드린다. 이 글은 국제신문에 〈고영삼의 인생이모작_한 번 더 현역〉 코너에 기고한 글을 대폭 수정 보완한 것이다. 도와주신 국제신문의 오상준 총괄본부장, 김희국 부국장에게 감사드린다. 사진작가 김홍희 선생도 좋은 사진을 기꺼이 주셔서 고마웠다. 그리고 나의 글을 항상 맨 처음 읽어주는 동반자 최정원에게도 감사한다. 마지막으로 이 시대를 함께 하는 사람들, 도반이 된 사람들에게서 많은 자극과 영감을 받았다, 감사하다.

2025년을 시작하며
해운대 장산산방에서, 고영삼

고수들의
인생작법

"현대인들은 잘되거나 못 되거나 늘 불안해합니다"

안국선원 선원장 수불 큰스님

급속한 디지털 기술과 물질 우위 문명 속에서 대중의 마음은
더 팍팍해지고 있습니다.
물질을 더 소유해야겠다는 욕망을 던져버리고
자신의 본래 모습대로 돌아와야 합니다.
마음을 비우고 정신의 힘을 기르는 계기가 필요하죠.

●

"꿈을 글로 적고 누군가에게 말하면 길이 열립니다"

깊은산속옹달샘 고도원 이사장

고난으로 보이던 현상의 뒷면에는 행복이 숨겨져 있기도 하죠.
힘들 땐 자신에게 들이닥친 상황을 달리 보는 지혜를 가져야 합니다.
몸과 마음, 생각의 방향을 바꾸면 맞바람이 나를 밀어주는
바람으로 바뀌거든요.

"인생의 승부수를 맨발걷기에 던지자고 결단했어요"

맨발걷기국민운동본부 박동창 회장

지금까지 매일 회원들에게 카페를 통해 아침편지를 쓰고
단톡방을 통해 아침 메시지를 보냅니다.
그 활동은 회원들을 단합시키는 원동력이죠.

●

"그 정도는 우리도 자신 있다"

할매 래퍼그룹 '수니와 칠공주'

맹훈련을 했지요. 지금까지 8년이나 한글을 배워왔어요.
우리 랩은 대부분 배우지 못한 한을 표현했고요.
글을 못 배운 한을 극복한 동지 의식으로 달려왔습니다.

●

"사회변혁의 일에 평생을 걸겠다고 다짐했습니다"

(사)기회의 학숙 유판수 학숙장

퇴직은 인생을 정리할 때가 아닙니다.
타이어를 바꿔 끼우고 다시 달리는 시작점입니다.
청장년기와는 또 다른 유형의 창조적 공헌을 할 수 있는
출발점인 것이죠.

"현직에 있을 때 인생2막을 구상하라고
권하고 싶습니다"

세종로국정포럼 박승주 이사장

막상 퇴직하고 나면 겁이 나서 아무것도 못합니다.
우물쭈물하다 보면 시간이 금방 지나가 버리죠.
현직에 있을 때 은퇴 후 활동에 대한 강한 의지를 가져야 합니다.

●

"제일 잘나가던 시절, 저는 이 산촌으로 들어왔습니다"

한국아나운서클럽 이계진 회장

'인생의 오후'를 어떻게 보낼까?
조명과 박수가 사라졌을 때 당황하지 않고 살 방법이 무엇일까?
도시의 직분을 다하고 난 뒤, 겨울이 지나고 봄이 오는 곳에서
살고 싶다고 생각했어요.

●

"난파된 저를 회생시키는 마지막 카드라고
생각했던 거죠"

토토팜 한성식 대표

비참했지만 저의 실패를 인정하고 아버지와 의논했습니다.
아버진 언제나 저의 최고 후원자이며 멘토였기 때문입니다.
그리고 초심으로 돌아가 귀농을 하기로 결단했습니다.

**"60세 이후에도 남 눈치 안 보고 할 수 있는
경제활동이 무엇인지 고민스러웠어요."**

김해베리팜 신현식 대표

애초엔 십 년 이상을 투잡으로 지내려 했습니다.
그런데 하다 보니 확신감을 가질 수 있었고 여기에만 집중하자고
결심하게 되더군요.
당초 계획보단 10년을 앞당겨버렸습니다.

●

**"텃세요? 그건 깊이 있게 노력하지 않는
사람들이 하는 이야기죠"**

바다백미 이창미 대표

그녀는 일을 앞두고 있으면 밥도 먹지 않는다.
가슴이 설레기 때문이란다.
누군가 그녀에게 미친 여자라 하면 대꾸했다.
"그래 너는 미쳐라도 보았어?"

●

**"나이가 들면서 점점 삶의 정신적 가치를
소중하게 생각하는 마음이 들더군요"**

제주이글루 정재명 대표

결국 인생 후반전에는 대자연에서 시적인 삶을 살아야겠다고
결심을 굳혔습니다.
마침 꽃과 나무, 동물을 사랑하는 아내를 위해서라도
과감하게 추진했어요.

**"팍팍한 직장생활을 그만두고 저의 본성에
충실한 삶을 살고 싶었어요"**

㈜한국비폭력대화교육원 윤인숙 공동대표

시골에서는 많은 부분 자급자족하기에 적은 수입으로도
풍족할 수 있지요.
남의 인정을 받기 위해 경쟁하지 않아요.
그러니 시간도 더 많아지고 삶의 여유도 제곱이 되더군요.

●

**"'남들이 가지 않는 길을 가라'고 했는데,
제가 스스로 실천을 한 셈이죠"**

나전칠기 작가 김영준

실패자가 되지 않고 성공자가 되는 데 있어서 제일 중요한 건
역시 '한 번 더하는 실천'입니다.
한 번만 더하면 승리를 잡는데 그 문턱에서 많은 사람들은
포기하고 말죠.
'한 번 더'를 꼭 강조하고 싶습니다.

●

**"아내, 엄마, 딸, 며느리로서 가족을 중심으로 존재하던
제가 일에 점점 열중하자 가족들이 당황하고
불편해하던 시기가 있었어요"**

결대로공방 신미선 대표

삶에는 무수한 유혹들과 다양한 일들이 맹수처럼 입을 벌리고 있죠.
자기만의 안테나를 세워 원하는 주파수를 찾아내는 것이 중요합니다.
간절히 원하는 주파수에 이르면 나만의 색깔과
소리를 찾을 수 있다고 생각합니다.

"꿈이 없는 삶은 죽은 삶이나 다름없죠"

탱고 스튜디오 아미고 최윤라 대표

처음엔 그냥 취미였어요. 그런데 할수록 매력이 있더군요.
젊은 시절 영혼을 잃을 정도로 생존을 위해 살아오신 분들도 즐기는 장소
하나쯤은 있어야죠.
꿈을 가지고 선택하고 시작한 일에 대해서는 계속 나아가야 합니다.

●

"저의 '무모함'이 좋은 결과를 만들었다고 생각합니다"

도자기 문화 전문작가 조용준

그럼에도 불구하고 정말 무모하게 도전했습니다.
그런데 제가 공부할 때는 '내가 얼마나 무모한가'라는 자의식은 없었고,
그저 행복하기만 했었죠.
이것이 크게 보면 일을 이루는 추진력이 되었습니다.

●

"외유내강형의 저는 머뭇거리지 않습니다"

동양화 화백 안창수

제게는 깊이 생각하되 벼락같이 행동하는 기질이 있습니다.
저의 내면에 60년 동안 모른 채 깊이 박혀있던 그림 재능은
중국으로 번개같이 날아가
밥 먹고 자는 시간 외 모든 시간을 매진하는 저의 기질에 의해
비로소 빛을 본 것이죠.

"'내가 죽으면 이 책을 관 속에 넣어 함께
화장시켜 달라'고 유언할 정도였습니다"

추리소설 작가 김세화

저는 고교 시절 이후 소설가의 꿈을 단 한 번도 잊은 적이 없습니다.
진짜 소설을 쓰지 않으면 죽을 것 같았어요.

●

"나이가 들어도 얼마든지 내가 몰랐던 가능성을
찾을 수 있구나"

트로트 신인가수 김용필

사람들은 나이가 들수록 살아온 내 모습에 매몰되어 새로운
시도를 두려워하게 됩니다.
저는 그런 분들에게 '내가 가진 잠재력은 무엇일까?'를 생각하라고
권하고 싶습니다

●

"유비무환을 좌우명으로 삼고
모든 일에 정(精)과 성(誠)을 다해 실천해 왔습니다"

BS그룹 박진수 회장

기회는 사람으로부터 옵니다.
저의 삶을 회고해 보니 저는 주변 사람들이 주는 힌트를 놓치지 않고
실천하여 인생기회로 확장해 왔더군요.

13

"굶어 죽겠다 싶어 두만강을 넘었습니다"

탈북민 출신 통일연구원 조현정 박사

저는 살면서 어렵지 않았던 적이 없었기에, 어려움은
생명 있는 자의 기본값이라고 생각했습니다.
이제는 어려움에 닥치면, 일을 성취하고 난 뒤의 결과를
머리에 떠올립니다.

●

"쓰지 않으면 죽을 것 같았기 때문이죠"

독서선동가 김미옥

직장을 퇴직했던 2017년부터 2년 정도는 일 년에 800권을 읽었습니다.
그 후로는 평균 360권 정도 읽고 써온 것 같아요.
4년 동안 화장실 가는 시간도 아껴서 닥치는 대로 읽고 썼습니다

●

"요즘 사람들은 누구나 행복을 추구한다고 하는데
행복의 본질은 지혜입니다"

법률사무소 송연 전병렬 고문

경제적인 수입처를 발굴하면서도 계속 지혜의 삶을
목표로 공부를 했습니다.
물질을 추구하는 삶은 허상이란 생각은 공부할수록 옳더군요.
종교와 철학 공부에 집중하여 인생이모작기의 가치관을 물질이 아니라
정신중심적 가치관에 집중했죠.

"아무 할 일이 없다는 것이 견딜 수 없는 고통이었어요"

경남이모작지원센터협동조합 최정란 부이사장

퇴직 전에 준비해야 합니다.
현역에 계실 때 '파티복을 준비하라'고 하고 싶습니다,
퇴직 10년 전부터는 이것저것 준비해 두시기를 권합니다.

●

"저에겐 수평선 너머에 무언가 있을 것 같은
생각이 늘 있었어요"

벨 프롬나드 강희영 오너셰프

저의 인생이모작 전환은 나이 오십 정도에 바다인생을 육지인생으로
전환하며 시작한 거예요.
더이상은 일만 하지 않겠다고 결심했지요.
'거친 풍랑 헤치며 할 만큼했다. 이젠 너 자신을 돌봐도 된다'는
생각이었어요.

●

"70대가 되니 모든 게 고마워지네요"

48년 차 싱어송라이터 최백호

70대에는 확실히 60대에 가졌던 미련과 욕심을 내려놓게 되더군요.
시간이 소중해서 적절한 긴장감도 즐길 수 있게 되었죠.
제 노래가 도달하고 싶은 진정성에도 더 다가가게 되었습니다.

목차

1부

자리이타(自利利他)
자기 아픔을 넘어 시대를 치유하는 사람들

2부

금오옥토(金烏玉兎)
자연과 교감하는 궁극의 지혜자들

4부

인정승천(人定勝天)
운명 그 이상의 경지를 향해 내딛다

1부

자리이타(自利利他)

자기 아픔을 넘어 시대를 치유하는 사람들

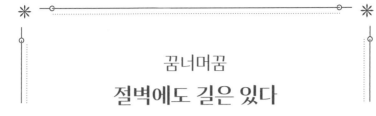

꿈너머꿈
절벽에도 길은 있다

깊은산속옹달샘 고도원 이사장

꿈은 은퇴기의 사람들도 꾸어야 한다. 열차같이 질주하던 삶을 멈추고 돌아앉은 사람들에게도 꿈은 소중하다. 이번에는 초긴장의 인생일모작기를 보낸 사람으로서 인생의 방향을 바꾸어 '꿈너머꿈'을 꾸며 세상에 없던 길을 낸 사람을 만났다. 알만한 사람들은 다 아는 '깊은산속옹달샘' 고도원(72) 이사장이다. 그의 인생2막은 꿈과 땀과 눈물과 기도의 세월이었는데, 그 덕분에 이제 그는 한국인에게 꿈과 희망의 아이콘이 되고 있다. 충북 충추시 노은면의 너른 계곡, 그를 방문한 날 옹달샘에는 연초록 봄기운이 가득했다.

고도원 이사장이 생일날 깊은산속옹달샘의 아침지기들과 함께 단체 사진을 찍었다. 사진 중앙에 케이크를 앞에 둔 이가 고 이사장

여기를 소개해 주시겠습니까?

＊ 여기는 '깊은산속옹달샘'입니다. 쉼과 회복 치유의 공간입니다. 생활에 지친 사람들에게 요가와 치유 음식과 명상 프로그램을 통해 몸과 마음을 치유해 주는 곳입니다.

고도원 이사장은 '고도원의 아침편지'로 유명한 사람이다. 그는 이곳에서 23년째 아침편지를 보내고 명상 프로그램을 운영하고 있다. 필자는 인터뷰를 하기 전 먼저 와서 1박 2일 동안 진행되는 요가 명상 프로그램을 체험하고서 그를 만났다.

프로그램에 참여해 보니 심신이 회복 받는 느낌이 들더군요.

　＊ 저희 아침지기들은 품성과 재능뿐만 아니라 좋은 주파수를 가진 사람들입니다. 최근 우리는 '하토마이 명상'을 개발했습니다. '하토마이'는 그리스어로 '손을 대다'는 뜻입니다. 하토마이 명상은 내 안에 잠든 신성한 에너지를 깨우는 시간입니다. 우리가 개발한 '하따사(하늘과 땅과 사람) 학춤' 동작을 하며 하늘과 땅의 기운을 내 안으로 받아들여 내 안의 우주를 깨우고 있지요.

　'깊은산속옹달샘'은 '고도원의 아침편지'가 확장된 것이죠? 이사장님은 젊은 시절 어떤 일을 하셨나요?

고도원 이사장이 김대중 전 대통령의 연설비서관으로 활동하던 시절 한 행사장에서 김 대통령과 악수하는 모습

　＊ 저는 젊은 시절 신문기자를 거쳐 김대중 전 대통령의 연설비서관으로 활동했습니다. 기자 생활을 통해 세상을 보는 안목과 빠른 글쓰기로 단련되어 있었는데, 아놀드 토인비(A. Toynbee)의 『역사의 연구(A STUDY OF HISTORY)』라는 인생의 책이 인연이 되어 김대중 전 대통령의 연설비서관으로 발탁되었어요. 대통령 연설비서관은 제가 20대 시절부터 매우 염원하던 꿈

이었기에 무척 보람되고 명예로운 자리였지요.

그러면 대통령의 연설비서관을 마치고 '고도원의 아침편지'를 시작한 건가요?

＊ 시간적 순서로는 그렇지만 특별한 사연이 있습니다.

특별한 사연요?

＊ 네. 대통령 연설비서관 자리는 날마다 온몸에 쥐가 나게 한다고 할까, 극도의 초긴장을 유발하는 자리입니다. 아시겠지만 정치 행위에는 언어 메시지가 매우 중요하죠. 그런데 대통령의 메시지를 적기 적시에 딱 알맞은 수준으로 작성하려면 정치사회 상황에 대해 늘 깨어있어야 해요. 또한 품격 있는 글을 써야 해요. 이런 글을 한 달에 이삼십 개씩 만들어 내다보니 긴장의 연속이었고 지독한 피로가 쌓였습니다. 그러던 중 어느 날 제가 완전 쓰러져 버렸어요. 의식이 끊어져 버린 거죠.

어느 날 그는 연설문 초안을 작성하고 일어서다가 의식을 잃었고, 한참의 시간이 지난 후에야 세상의 소리를 들을 수 있었다. 그때의 번 아웃은 인생의 변곡점이 되었다고 한다.

그래서 어떻게 되었나요? 아침편지를 시작하신 건가요?

✱ 목사의 아내였던 저의 어머니는 '하나님이 저를 다른 방식으로 쓰기 위해' 고꾸라뜨린 것이라 위로하셨지만 저에게 아침편지는 바늘구멍 같은 탈출구였습니다. 어쨌든 49세였던 8월 1일 시작한 첫 아침편지에 반응이 엄청났어요. 이 시대를 살아가는 많은 이들에게는 위로와 응원이 필요했던 거죠.

그때 옹달샘도 함께 시작하신 건가요?

✱ 그렇진 않았어요. 비서관 임기를 마치고 휴식을 위해 동유럽·지중해 배낭여행을 떠났는데, 여행 중 제 머릿속에는 지치고 힘들어하는 사람들이 휴식하거나 온전히 치유받는 명상센터가 필요하다는 생각이 스며들더군요. 특히 오스트리아 빈에 있는 쇤부른 궁전(Schönbrunn Palace)에 갔을 때는 '깊은산속옹달샘'이란 명상센터 이름까지 지어버렸습니다. 돌아와서 그 꿈을 아침편지에 올렸는데, 좋은 반응도 있었지만 "황당하다", "약을 잘 못 먹었다"라는 비아냥도 받았죠.

새로운 일을 주창하면 비난도 있게 마련인데, 그래서 어떻게 하셨어요?

✱ 저는 저의 마음소리를 충분히 듣고 결정했기에 개의치 않고 추진했습니다. 제가 마음에 그리던 여러 곳을 알아보던 중 그때 당시 충주 시장이었던 한창희 전 시장의 제안을 받았어요. 와보니 이

곳 69만 평의 충주시 휴양림 속에 있는 사유지가 7만 평 규모인데 땅 기운이 예사롭지 않더군요. 그래서 이곳을 우리 재단에서 매입하고서 영험한 명상 공간을 만들기 위해 벤치마킹도 많이 시도했습니다. 예를 들어 오쇼 라즈니쉬(Osho Rajneesh)의 명상센터, 인도의 오로빌(Auroville) 마을, 프랑스의 플럼 빌리지(Plum Village), 미국의 롱우드 가든(Longwood Gardens) 등을 직접 체험하는 등 벤치마킹하며 영원을 지향하는 센터를 구상했습니다.

사업추진에 있어서 필요한 사업자금 등 여러 난제를 어떻게 뚫어내셨나요?

＊ 가장 큰 문제는 역시 사업비입니다. 저는 일단 저의 집을 기부하여 재단을 만들었습니다. 그리고 아침편지로 사람들에게 알리니 며칠 사이에 13억 원이 모이더군요. 그렇게 시작되었습니다. 54세쯤이었습니다. 세상에 없던 새로운 깃발을 들면 상당수가 반감을 보이는 중에 대개 10~20% 정도는 찬성합니다. 그리고 그중의 10~20%가 물적 참여까지 하는 것 같아요. 없던 길을 만들기는 쉽지 않죠. 저는 당초 이 정도의 시설과 시스템을 만드는데 20년 동안 800억 원이 소요될 것으로 생각했습니다. 그런데 현재 아침편지 수신자가 400만 명, 옹달샘 방문자가 일 년에 10만 명입니다. 이를 400억 원 예산으로 10년 만에 이루었으니 엄청나게 단축한 겁니다.

당초 계획의 반이나 절감하여 진행되었다고 하지만 어찌 어려움이 없었겠는가. 무엇보다 섭리가 있었던 듯 자리 잡기까지 함께한 많은 동행자가 있었다. 허순영, 김정국, 최재홍, 유영아, 김홍도, 김미성 등과 같은 분들의 크고 작은 기부와 응원, 그리고 더 나은 명상센터를 만들기 위해 활동하는 80명의 아침지기들의 헌신은 사람으로부터 얻는 에너지가 가장 강력한 것임을 느끼게 해주었다.

지금 옹달샘에서는 어떤 프로그램을 운영하고 있나요?

＊ 매우 다양합니다. 크게는 요가, 명상, 단식, 독서, 청소년 교육인데요. 각 종목 안에는 다양한 스타일의 프로그램이 또 세분화되어 있습니다. 예를 들어 명상만 해도 호흡명상, 아침명상, 소리명상, 비채명상, 통나무명상 등으로 전문화해 운영하고 있는데 이를 다시 개인 혹은 가족별로 나눠 맞춤형으로 운영하고 있습니다. 전반적으로는 치유를 넘어 몸과 마음을 바로 세우고, 생명성을 되찾아 변화를 일으키는 것이 목표입니다. 운

23년째 매일 아침편지를 메일로 발송하는 고도원 이사장은 항상 책을 읽는다. 그가 읽고 보내주는 글은 이제 많은 이의 아침의 시작이 되었다.

영 중인 '고도원TV'에는 180여 개의 동영상이 탑재되어 있습니다. 홈페이지도 방문해 주세요.

지금은 완전히 자리를 잡으셨는데 이제까지 어려움도 많았지요?

＊ 코로나19로 힘들기도 했지만, 저를 관리하는 일이 늘 어렵습니다. 남이 가지 않았던 길을 가다 보니 지칠 수 있죠. 그러면 피곤하고 무거워지고 잠 못 자게 되는 상황이 와요. 그래서 몇 년 전에 『절대고독』(꿈꾸는책방, 2017)이란 책을 냈고, 근래에는 『고도원 정신』(해냄, 2023)이란 책을 내기도 했어요. 사람은 자기만의 고독의 강을 건너는 법을 익혀야 해요.

이 시대에는 고단한 삶을 살아내느라 힘들어하는 사람이 많습니다. 이들이 마음의 용기를 갖고 행복할 수 있게 하는 어떤 방법이 없을까요?

＊ 우리나라가 급격히 성장하며 선진국에 도달하였다고 하지만 실제로는 갈등이 너무나 많습니다. 정치 갈등, 빈부갈등, 세대 갈등, 지역갈등, 남녀 갈등 등 말할 수 없을 정도입니다. 다수의 국민들이 마음의 안식을 얻고 행복해할 수 있도록 지원하는 그 무엇이 절실한 상황입니다. 그래서 저는 사회적 힐링시스템을 마련해야 한다고 주장합니다. 보살핌의 사각지대에 있는 사람들도 언제든지 부담 없이 치유받을 수 있는 시스템 말입니다. 여기에는 전문성을 갖춘 노

련한 인생 상담가가 있어야 합니다. 방문한 사람의 이야기를 들어 주고, 같은 편이 되어 주며, 삶의 의미를 찾도록 인도한다면 좋을 것입니다. 그렇게 한다면 마음의 치유를 받는 것은 물론이고, 한층 더 성숙한 내면으로 서로 손잡을 수 있게 됩니다.

깊은산속옹달샘을 운영하시며 개발한 치유 방법도 많이 있지요? 개인들이 자기 일상에서 취할 수 있는 자기 치유의 방법을 소개해 주세요.

＊ 저는 호흡을 권하고 싶습니다. 어떤 상황에서도 호흡으로 돌아가는 습관을 지닌다면 그것만으로 다른 세상에 살게 됩니다. 제가 권하는 호흡은 길고, 깊고, 고요하고, 가는 호흡입니다. 내쉴 때는 길게 내뱉고, 들이쉴 때는 깊게 들이쉬는 호흡이죠. 이 방식을 기본으로 해서 3·3·3호흡, 녹색호흡, 아하호흡을 만들었어요. 저는 호흡의 근원에 대해 알아내고 난 뒤, 현대인들이 쉽게 할 수 있도록 개발하여 깊은산속옹달샘에서 프로그램으로 만들어 운영 중입니다.

호흡법 중 한 개만 소개해 주시겠어요?

＊ 저를 살린 3·3·3호흡법이 있습니다. 2014년 봄 급발진 사고로 디스크가 파열되었지만, 인도에 가야 했던 적이 있었어요. 그때 비행기에서 엄청난 통증을 이기기 위해 8시간 동안 실천했던 것을 매뉴얼로 만든 호흡법입니다. 코로 공기를 들이쉬고 입으로 내쉬면

서 '하'를 세 번, 다시 코로 숨을 들이쉬고 입으로 내쉬면서 '쓰'를 세 번, 다시 코로 들이쉬고 입을 다물고 내쉬면서 '엄'을 세 번, 이 세 가지 호흡을 세 차례씩 세 번 하는 것이 3·3·3호흡법입니다. 이렇게 하는데 총 15분 정도 걸립니다. 여기서 '하'는 심장을 달래는 소리, '쓰'는 신장을 쓰다듬는 소리, 그리고 '엄'은 우주의 기운과 공명하는 소리입니다. 이를 통해 심신이 정화되는 효과를 얻을 수 있게 되죠. 이때 들이쉬는 들숨보다 내쉬는 날숨을 최대한 길게 하는 것이 중요합니다.

삶을 힘들어하는 인생이모작 출발점의 사람들에게 한 말씀 해주세요.

✳ 다시 꿈을 꾸라고 하고 싶습니다. 꿈을 글로 적고 누군가에게 말하면 길이 열립니다. 이때 휴식과 자기성찰이 있는 여행을 하면 더 좋지요. 그리고 고난을 해석하는 힘을 가져야 합니다. 고난으로 보이던 현상의 뒷면에는 행복이 숨겨져 있기도 하죠. 힘들 땐 자신에게 들이닥친 상황을 달리 보는 지혜를 가져야 합니다. 몸과 마음, 생각의 방향을 바꾸면 맞바람이 나를 밀어주는 바람으로 바뀝니다.

'꿈너머꿈'은 '고도원'의 상징어인데, 이사장님의 '꿈너머꿈'은 무엇인가요?

✳ 얼마 전 제1회 세계한인청소년포럼 행사를 개최했습니다. 해

외에 거주하는 200만 명의 한국인 청소년들의 정체성을 키우고, 글로벌 리더로 성장시킬 방안을 모색하는 장이었습니다. 저는 'K-디아스포라 세계연대'의 이사장으로서 행사를 공동 주관했습니다. 사실 저는 요즘 청소년을 성장시키는 일에 꽂혀있습니다. 그래서 2만 5,000명이 다녀간 '깊은산속 링컨학교'를 '꿈너머꿈 국제 대안학교'로 발전시키고 있습니다. 글로벌 규모로 호연지기를 펼치는 청소년을 양성하고 싶습니다. 현재 옹달샘에 건립 중인 '청소년미래센터'도 기대해 주십시오. 저의 꿈너머꿈은 좋은 교육가입니다.

위인과 범인의 차이는 무엇일까? 위인은 새 길을 내는 사람이다. 그는 자신보다는 대중의 아픔을 먼저 챙긴다. 그리고 번뜩 떠오른 영감을 잡아채 현실화시킨다. 청소년 시절 신학을 공부했던 고도원은 번 아웃으로 쓰러진 후 맞이한 인생의 전환점에서 사람들에게 보낼 위로가 되는 글귀를 떠올렸다. 그리고 시대의 격랑 속에서 아파하는 사람들에게 더 근원적 치유의 기회를 주는 명상센터를 건립했다. 숱한 절벽의 세월이었다. 함께 걷고 같이 이루며 더 먼 곳을 바라보는 그 특유의 정신이 아니면 어찌 가능했을까? 어쨌든 이제 그는 일상을 살아가는 대중들에게 초희망(Beyond hope)의 깃발이 되고 있으니 '인간은 극복되어야 할 그 무엇'이라며 초인을 설한 니체(F. W. Nietzsche)를 생각하게 된다.

고도원 이사장 유튜브 - 고도원 TV
https://www.youtube.com/@godowondream6389/featured

 고도원의 아침편지 홈페이지 - (재)아침편지문화재단
https://www.godowon.com/

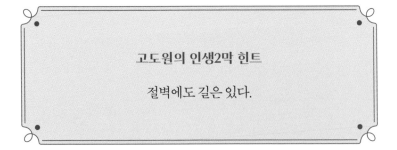

고도원의 인생2막 힌트

절벽에도 길은 있다.

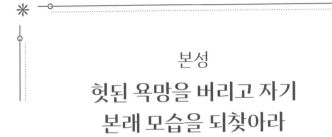

본성

헛된 욕망을 버리고 자기 본래 모습을 되찾아라

안국선원 선원장 수불 큰스님

"어디로 가버렸나? 내 젊음의 황금 같은 날들이여." 러시아 소설가 알렉산드르 푸시킨(A. Pushkin)은 그의 소설 '예프게니 오네긴(Евгений Онегин)'에서 주인공 렌스키의 입을 빌려 말한다. 실상 모든 존재는 세월 앞에서 힘을 잃는다. 권력도 부도 사랑까지도. 그러나 세월과 무관하게 여여(如如)한 이도 있다. 진리의 실체를 찾는 사람. 이른바 구도자. 이번에는 부처님 오신 계절을 맞이하여 영적 스승을 찾아왔다. 바로 안국선원 선원장 수불 큰스님이다. 부산 금정구 남산동에 있는 안국선원 본원에는 부처님 오신 날 연등이 밝았다. 삼배 후에 찻잔을 앞에 두고 앉았다.

2024년은 불기 2568년입니다. 대중은 급변하는 세상인지라 살기 힘들다고 합니다. 이 시점에 부처님 오신 날의 의미는 무엇일까요?

＊ 현대인들은 잘되거나 못 되거나 늘 불안해합니다. 이 모두 잘못된 욕망 때문입니다. 물질을 더 소유해야겠다는 욕망을 던져버리고 부처님 말씀대로 자기의 본래 모습으로 돌아와야 합니다. 대중에게는 부처님 오신 날이 마음을 비우고 정신의 힘을 기르는 계기가 되기를 축원합니다.

안국선원에서 만든 간화선 수행의 지도방법에 대하여 설명하며 파안대소하시는 수불 큰 스님(김홍희 사진작가 제공)

수불(71) 큰스님은 국내외 13개의 사찰을 운영 중인 안국선원의 창건주이다. 그의 첫인상은 강인하고 날카로운 눈빛이었지만 대화를 나눌수록 겸허했고 이내 외유내강형임을 느낄 수 있었다. 스님은 이제까지 동국대학교 국제선센터 선원장, 불교신문사 사장, 범어사 주지, 부산불교연합회 회장을 역임한 바 있으며 현재 안국선원 선원장과 부산불교방송 사장으로 활동하고 있다.

　안국선원에는 신도로부터 느껴지는 기풍이 보통이 아니군요. 법
회는 주로 어떻게 합니까?

　＊ 음력 매월 1일과 15일은 부산 안국선원에서, 음력 매월 3일과
18일은 서울 안국선원에서 정기 법회를 봉행하는데 이때 제가 조
사어록 법문을 통해 간화선 공부를 직접 지도합니다. 법회와 무관
하게 평일에는 매일 500여 명, 휴일에는 800여 명의 신도들이 각
자 편한 시간에 방문하여 정진합니다.

　안국선원은 간화선 도량으로 알려져 있는데요. 간화선은 어떤 수
행법인가요?

　＊ 간화선은 화두를 참구함으로써 깨달음을 얻는 방법입니다. 한
국 조계종의 공식 수행법이지요. 간화선은 조사선의 방법과 차이가
있습니다. 조사선의 입장은 일체중생에게 이미 불성이 있다고 봅니
다. 그래서 마조(馬祖) 선사의 '도는 수행을 필요로 하지 않는다'는
말이 나올 수 있는 것입니다. 그러나 실제 중생들은 항상 번뇌에 휩
싸여 지내고 있습니다. 조사선같이 선문답으로 깨침을 주는 것은
한계가 있지요.

　그래서 간화선 방법을 택하시고서 이를 현대화시킨 것이군요.

✻ 제가 1989년 이 선원을 처음 개원해서 신도들에게 정진하라고 했는데 좀체 진도가 나가지 않더군요. 생각해 보니 화두를 어떻게 들어야 하는지를 가르치지 않고 정진만 하라고 했더군요. 잘못된 것이었어요. 그 후 간화선 방법을 현대인이 따라 할 수 있도록 만들었습니다. 그게 '일주일 만에 깨닫게 하는 간화선' 수행법입니다.

일주일 만에 깨닫게 한다고요?
✻ 네, 일주일입니다.

'일주일 안에 화두 타파'가 가능하다는 말씀인가요? 선방 스님도 힘들지 않나요?
✻ 가능했는지는 직접 체험한 신도가 압니다. 어쨌든 세속의 삶에 바쁜 신도들에게 출가 스님처럼 수행하게 할 순 없지요. 그것은 언어도단(言語道斷)입니다. 그래서 재가 신도들에게 맞는 타당한 방법을 제안한 것입니다. 그럼으로써 안국선원이 간화선 도량으로 자리를 굳힌 것입니다. 지금까지 3만 명이 넘는 신도가 저의 지도를 받았습니다.

스님은 당시 일주일 안에 깨달음의 체험을 못 하게 한다면 선원을 접겠다고 결심하며 공구했다고 한다. 처음 2년 정도는 무진장 고생했다. 그러나 수행은 깨닫기 위해 하는 것이기에 확실한 방법이 있어야 한다는 신념이었고, 선지식이 이를 보여주지 못하면 사기라고 생각했단다. 간화선을 현대화하는 선구자로서의 큰 발심이었다.

어떻게 하기에 일주일 만에 화두를 타파할 수 있는 건가요?

✻ 신도의 근기 따라 다를 수 있지만 맨 처음에는 1700 공안 중에서 제대로 된 화두를 들고 참된 의심 덩어리를 품게 해줍니다. 화두는 선대의 선문답 중에서 수행자의 내면에 투철하게 응집된 문제의식이지요. 수행자가 사자교인(獅子咬人) 즉 사자가 먹잇감을 한번 물면 절대 놓치지 않는 것처럼 화두에 끈질기게 파고들어야 합니다.

네. 그리고는 어떻게 하는지요?

✻ 그다음에는 눈 밝은 스승이 안내합니다. 예를 들어 (스님은 집게 손가락을 구부렸다 펴는 동작을 보였다) '무엇이 이렇게 하게 하는 것일까요? 손가락인가요? 마음인가요?' 이러한 화두가 있을 때 선지식은 수행자가 이 의심에 걸려들게 하고서 또 계속 참구토록 하여 결국은 의단이 타파되도록 이끌어 줍니다. 이 과정이 매우 중요합니다. 우리 선원은 이 과정을 현대인에게 맞도록 체계화한 것입니다. 궁금하지 않을 때까지 유도함으로써 내면을 성찰할 수 있도록 선지식이 길을 안내합니다.

스님께서는 그 두 가지 절차를 체계화시킴으로써 '일주일 안의 화두 타파'를 가능하게 하셨군요. 그러면 깨달음을 얻고 나면 무엇이 달라지나요?

＊ 해 보지 않은 이에게 그 경지를 이해시키기는 어렵습니다. 쉽게 믿지도 않습니다. 이 경지를 머리로는 이해하지 못해요. 수행자가 머리를 잘라버리고 몸으로 의심하다 보면 발끝에서 머리까지 벼락 맞은 것 같은 체험을 하게 됩니다.

그런데, 현대인들이 더러 하는 명상과 스님의 선(禪)은 어떻게 다른가요?

＊ 마음공부라는 차원은 동일하죠. 그러나 경지가 다릅니다. 비유를 들어 설명하자면 명상은 흙탕물을 고요하게 두어 흙을 가라앉히는 정도의 수련이라면, 선은 흙탕물 자체를 없애 버립니다. 과정이 다르고 결과가 다릅니다. 체험해 봐야 압니다.

당사자만 안다고 하니 그 경지를 알기 어려워 곤란했는데 마침 필자에게 스님을 소개하여 자리를 함께한 김홍희 사진작가가 말했다. "마음 공부를 해 보니 '예수님과 함께하니 두렵지 않네'라고 하는 기독교의 진리도 곧 불교에서 추구하는 것과 동일한 것이더군요." 김 작가는 평생 보이는 세계를 사진에 담으며 그 뒤의 보이지 않는 의미를 참구해 온 경지를 말한 듯했다. 한편 불교 소설로 유

명한 정찬주 작가도 스님이 인도하는 간화선 수행 후 반야심경에
서 말하는 오온개공(五蘊皆空) 즉 모든 것이 공(空)한 것을 체험했다
고 한다. 그 경지가 너무 심오하여 아내와 두 딸에게도 공부를 권했
다고 소개한 바 있다. 그리곤 그 확신으로 수불 큰스님을 10여 년간
동행 취재하여 『시간이 없다』(불광출판사, 2022)는 책을 낸 바 있다.

수불 큰스님이 인생에 있어서 한정된 시간에 대해 설명하며 필자를 바라보는 장면(김홍희 사진
작가 제공)

스님은 '시간이 없다'는 말씀을 자주 하십니다. 무슨 뜻인가요?

＊ 신도들에게 깨달음을 가르쳐줄 시간이 줄어들고 있다는 이야기입니다. 한편 중생들도 한정된 시간에 왔다 가지요. 부처님의 가르침을 접할 기회가 있을 때 필연적으로 공부해야 한다는 뜻입니다.

스님의 지금 하시는 일도 세속언어로 치자면 인생이모작이겠군요(웃음).

＊ 저는 모든 인연을 끊고 생사까지 여의는 출가를 했습니다. 어떤 인연법인지 21세에 범어사에 결국 출가했는데 고향에 온 것처럼 마음이 편했어요. 25세부터 본격적으로 공부하며 여기까지 왔습니다.

일반인은 경험하기 힘든 인생혁명이군요. 그런데 이 선원은 볼수록 느껴지는 에너지가 대단한데 어떤 연유가 있을까요?

＊ 간화선 수행법이 더욱 알려지다 보니 눈 밝은 신도들이 많이 오십니다. 안국선원의 신도가 되려면 먼저 일주일 간화선 프로그램을 통과해야 합니다. 아무래도 더 절실한 신심을 가지고 오시는 분들입니다. 그러니 알게 모르게 분위기가 많이 다를 것입니다.

신도들 중에는 선원의 특이한 노출콘크리트 건축물에서 절제미와 웅장미를 느낀다는 이가 많다. 아마 스님이 일본 오사카예술대학교 가노 다다마사 교수에게 우주의 기운과 사람의 기운이 조화로울 수 있도록 주문하여 건축한 덕분인 듯하다. 특히 수백 명이 앉을 수 있는 대법당은 천장 구조와 채광이 영적인 생각을 일으키게도 한다. 이렇게 안국선원은 부산 본원을 창설한 후 놀랍게 성장해왔다. 서울, 창원, 영주, 진주, 함양, 세종, 김해에도 개원했고, 미국 뉴질랜드에도 분원을 설립했다. 해외에 한국의 선 수행법을 펼치는 교두보까지 확보한 셈이다.

현대인은 풍부한 의식주에도 불구하고 늘 불안해합니다. 대중에게 한 말씀 해주세요.

＊ 급속한 디지털 기술과 물질 우위 문명 속에서 대중의 마음은 더 팍팍해지고 있습니다. 그러다 보니 역작용으로 미국 유럽에서도 명상 인구가 늘고 있습니다. 그래서 IT전문잡지《와이어드》의 창업자인 케빈 켈리(K. Kelly)는 '마음 비움'이 현재의 키워드라고 하는 겁니다. 그런데 간화선은 서구의 명상과는 비교하지 못할 정도로 강력합니다. 제가 범어사 주지로 있을 때 구글의 엔지니어이면서 명상 지도자인 차드 멍 탄(C. M. Tan)이 와서 깨달음을 얻고 갔었어요. 그 뒤 구글에 마음챙김 선 프로그램을 도입하여 매출이 60%나 올랐다고 합니다. 이젠 우리가 만든 간화선 수행법으로 전 세계 대중이 생사 문제를 해결하고 나아가 평화를 이루는 시절 인연을 맞기를 기원합니다.

법명 수불(修弗)은 영어로 do(修, 행함)와 don't(弗, 행하지 않음)가 합쳐진 이름이다. '하되 하지 않는' 경지를 뜻한다. 사찰에 있는 불이문의 '불이(不二)'가 두 개인 것은 아니지만 하나인 것도 아닌 이치와 같다. 서구식 이분법적 세계관으로서는 알 수 없는 세계다. 그런데 그의 법명이 예고한 것인가. 수불 큰스님은 존재의 진실을 여실히 보여주는 '공개된 비밀'인 간화선 수행법을 현대화했다. 알다시피 우리는 어느 틈엔가 너무 복잡한 세상에 살고 있다. 전쟁과 생태계파괴, 기후변화, 경제위기, 만연하는 사회갈등으로 모두가 패배하게 될 인류 문명사. 이 종착점에 스님의 간화선 수행법은 인류 신문명의 새로운 활로가 되고있다.

안국선원 홈페이지
https://angukzen.org/

수불 큰스님의 부처님 오신 계절의 말씀

헛된 욕망을 버리고
자기의 본래 모습을 되찾아라.

김홍희 사진작가 제공

妙한 느낌의 空間이며!
一念이 는 芳年이러니
어느 순간 머리를 들면서
모든것이 사라지는거나 佛

건강
삶의 회복탄력성을 올려라

맨발걷기국민운동본부 박동창 회장

인생사 50 중반을 넘다 보면 위기에 맞부딪히기도 한다. 승진의 문턱에서 오히려 퇴사 상황에 내몰린다든지, 전도양양하던 과제가 아주 작은 계기로 깨어져 버리기도 한다. 그러한 위기 중에서도 건강 위기가 제일이다. 사실 50 중반을 넘다 보면 예기치 않게 친구의 부고장을 받을 때도 있기에 건강 앞에선 그 무엇도 의미 없다. 이번엔 건강 위기를 맞아 돌파구를 찾던 중 인생2막의 큰 뿌리를 잡은 이가 있기에 만났다. '맨발걷기의 대통령'으로 일컬어지는 사람, 박동창(72) 회장이다. 대모산이 곁에 보이는 수서역 근처 그의 사무실에서 만났다.

안녕하세요? 자신을 소개해 주시겠어요?

✳ 저는 맨발걷기국민운동본부 박동창 회장입니다. 부산은 태어나서 6살까지 자란 고향입니다. 그래서 제게 부산은 늘 특별하죠.

맨발걷기국민운동본부는 어떤 조직인가요?

✳ 우리 운동본부는 흙길을 맨발로 걸으며 생명살리기 운동과 함께 치유와 힐링의 기쁨을 공유하는 조직입니다. 전국 약 80여 개 지회 및 지부가 있고요. 카페에는 2024년 현재 37,000명 정도의 식구들이 활동하고 있습니다. 단톡방 활동자도 5,000명 이상입니다.

박동창 회장(중간에 흰색 티를 입고 서 있는 이)이 서울 강남에 소재한 대모산에서 매주 토요일 오후에 진행하는 '맨발걷기숲길힐링스쿨'에서 정기산행 후 참여자들과 맨발로 사진을 찍었다.

첫인상에서 중후하면서도 포용적인 음성이 느껴지는 박동창(72) 회장은 맨발걷기에 있어 매우 소문난 분이다. '맨발걷기 창시자', '맨발걷기 전도사', '맨발좌' 심지어 '맨발걷기 대통령'으로 지칭되고도 있다 한다. 그는 어떤 연유로 맨발걷기를 인생2막의 과제로 삼은 것일까.

맨발걷기는 어떻게 해서 시작한 건가요?

＊ 2016년 7월, 서울 강남의 대모산에 '맨발걷기숲길힐링스쿨'을 개설했어요. 매주 토요일 정기 프로그램을 시작한 이후 지금까지 8년 정도 코로나19 시기와 동절기 방학을 제외하고 항상 맨발걷기를 이어오면서 맨발걷기 열풍을 일으키고 있습니다. 처음에는 7명 정도가 참여했으나 지금은 일일이 셀 수 없을 정도의 어마어마한 조직이 되었습니다.

어떻게 하여 짧은 기간에 이렇게 열풍을 일으키게 되었나요?

＊ 맨발걷기를 하다 보면 사람들이 놀라운 일을 경험하기 때문입니다.

놀라운 일요?

＊ 건강과 행복감을 느끼게 됩니다. 심신의 긍정적 변화를 금방 알게 되죠. 맨발로 걸으면 만성두통, 불면증은 물론이고 갑상선, 유

방암, 아토피 등도 치유되고요, 현대인의 많은 질병과 말기 위암은 물론이고 족저근막염까지 치료되더군요.

암이나 만성질병까지 어떻게 치유된다는 건가요?

＊ 발이 땅에 직접 접지되면서 몸에 잔류한 양전하(+) 활성산소가 몸 밖으로 배출되기 때문입니다. 이게 그냥 두면 몸 안을 돌면서 세포를 공격하여 질환을 일으키거든요. 현대인의 질병 90%는 활성산소와 연관되어 있는데 맨발걷기는 이를 배출해 병의 근원을 없애는 거예요. 더구나 신체 각 부위와 연결된 발의 신경이 미세하게 지압이 되는 효과도 있죠.

정말 인터넷에 보면 맨발걷기를 통해 병이 치유된 사례가 엄청나게 많더군요. 그리고 회장님은 맨발걷기에 관련하여 각종 입법 활동도 하신다더군요.

＊ 네. 맨발걷기의 효능이 알려지면서 맨발로 걷고 싶으나 걸을 만한 길이 없다는 여론이 계속 접수되어, 2020년 이후 '접지권' 보장을 요구하는 입법 활동을 계속하고 있습니다. 현재 '도시공원 및 녹지에 관한 법률'에 '맨발걷기 길 조성'을 포함한 개정안이 발의되었습니다. 또한 '환경정책기본법', '주택법'도 개정하고자 작업 중입니다. 지방자치단체의 조례는 더 불붙었어요. 2023년 2월 15일 전주시의회에서 조례가 통과된 이후 전국 약 120곳에서도 조례가 만들어

2024 국회의원 맨발걷기 한마음대

맨발걷기국민운동본부(회장 박동창)가 2024년 11월 14일 국회 의원동산 맨발산책로에서 '2024 국회의원 맨발걷기 한마음대회'를 개최했다. 동 대회에는 공동주최한 신정훈 국회 행정안전위원장, 조경태 의원 외에도 김진표 전 국회의장 등 50여 명의 국회의원이 참여했다.

진 것으로 알고 있습니다. 조만간 전국의 17개 광역 및 226개 기초지자체는 조례 제정은 물론이고 마을마다 맨발걷기 길이 구축될 것으로 보입니다. 지난 11월 14일에는 여의도 국회의사당에서 '2024 국회의원 맨발걷기 한마음대회' 행사를 했습니다. 국회에서는 국회의사당 정원에 맨발걷기 코스를 만들었는데, 이날 행사는 맨발걷기가 질병예방, 건강증진, 삶의 질 개선에 큰 도움을 준다는 사실을 국민들에게 알리고 관련 법 제도도 만들자는 공감대 속에서 진행된 것입니다.

맨발걷기의 효능과 입법 활동에 대해 질문하니 박 회장은 말을 멈추지 못하게 할 정도로 열변을 토하였다. 국회걷기행사에도 김진표 전 국회의장, 조경태 의원 등을 비롯하여 60여 명의 국회 구성원들이 참여했단다. 생활 속에서 돈 들지 않고 건강하게 살 수 있는 방법을 주도하고 있으니 어찌 신나지 않겠는가. 그리고 놀랄 정도로 진전된 입법 상황도 이야기했다. 하긴 동의보감에는 "약을 써서 몸을 보호하는 약보보다, 좋은 음식으로 원기를 보충하는 식보가 낫고, 식보보다는 걷는 행보가 낫다."는 말도 있다 한다.

거대하고 의미 있는 이 사업을 어떻게 시작하신 건가요?

＊ 저는 젊은 시절 한국의 금융을 글로벌화 시켜야 한다는 소명의식을 가지고 있었어요. 그래서 해외에 소재한 한국 금융사를 경영했는데, 성과를 내긴 했지만 건강을 잃었지요.

어떤 일을 하셨는데요?

＊ 글로벌 금융인이 되는 게 소명이었던 저는 1990년 김우중 회장과 약속하여 헝가리 대우은행 영업본부장을 맡았어요. 그리고 1997년에는 LG 구본무 회장의 제의로 2003년까지 폴란드 LG Petro 은행의 은행장을 역임했어요. 폴란드 27위 은행을 인수하여 3년 만에 4위 은행으로 성장시켰죠. 그 당시 우리나라 경제력으로는 엄청난 일이었어요. 그런데 그때 현지인들이 문제를 일으켜 엄청난 스트레스를 받았어요. 도저히 해결되지 않는 문제들이 꼬리를 물고 엉켰고, 병원에 가니 몸이 심각하게 상해 곧 죽을 수 있다는 경고를 받았어요.

그랬군요.

＊ 그런데 그렇게 그로기(Groggy) 상태로 지내던 2001년 어느

날, 간암으로 한 달 시한부 선고를 받은 어떤 사람이 맨발걷기를 통해 기적적으로 살아났다는 사연을 한국 TV를 통해 보았습니다. 그날따라 그 사연이 제게는 예사롭지 않았어요. 그리곤 저기에 우리가 모르는 비밀이 있겠다는 영감이 스쳤어요.

비밀이 있다는 영감을요?

＊ 네, 치유의 비밀요. 생명력을 다시 회복할 수 있겠다는, 병원에 의지하지 않고 다시 활동할 수 있겠다는 어떤 비밀을 느낀 거예요. 그래서 집 근처에 있는 바르샤바의 카바티 숲(Kabaty woods)에 가서 맨발걷기를 했어요.

그래서 어떠셨어요?

＊ 봄이었어요. 따스한 햇살에 파릇파릇 새싹이 돋아나던 때였죠. 맨발로 땅을 밟으니 싱싱하고 좋은 전율이 느껴졌어요. 나무와 풀, 그리고 온갖 생명체들의 생명력이 발을 통해 생생하게 느껴지더군요. 태어나 처음 느껴본 생명력이었습니다. 그리고 그날 밤 깊은 숙면을 취했어요. 그다음 날도 그랬고요. 오랫동안 병원에서 치료받지 못한 만성 불면증이 해결되더군요. 그 뒤로부터 저는 매일 출근 전 한 시간씩 맨발걷기를 습관적으로 했어요. 그러자 얼마 후 저는 완전히 활력을 찾았어요. 자연스럽게 저의 마음에는 맨발걷기에 대한 어떤 소명의식 같은 게 생기더군요. 대전환이었어요. 그전까지 저의

소명의식은 금융의 글로벌
화였거든요. 저는 그 목표를
이루지 못했지만 이젠 인생
의 승부수를 맨발걷기에 던
지자고 결단했어요.

그래서 어떻게 하셨나요?
＊ 귀국 후 2006년에『맨
발로 걷는 즐거움』(화남출판
사, 2006)을 출간했고, 귀국
해 맡았던 KB금융지주 최
고전략책임자 자리를 마치
고서 2016년 대모산에 맨

박동창 회장이 놀라운 체험을 소재로 쓴『맨발걷
기가 나를 살렸다』(국일미디어, 2023) 책을 들고
맨발걷기의 효능을 설명하고 있다.

발걷기힐링스쿨을 개설했죠. 2019년엔『맨발걷기의 기적』(시간여
행, 2019)책을 출판했어요. 또 2021년엔 맨발걷기의 이론체계를 정
립한 책『맨발로 걸어라』(국일미디어, 2021)를 출간했어요. 그리고 전
국적으로 강연을 다니며 바람을 일으켰죠. 지금까지 매일 회원들에
게 카페를 통해 아침편지를 쓰고 단톡방을 통해 아침 메시지를 보
냅니다. 그 활동은 회원들을 단합시키는 원동력이죠. 아마 작년이
맨발걷기의 분수령이 된 것 같습니다.

앞으로는 인생의 어떤 꿈을 이루고 싶은 건가요?

＊ 맨발걷기는 생명체의 근원적 삶의 방식을 복원하는 길임을 알려 나갈 것입니다. 일본, 미국, 독일 등 해외에도요. 맨발걷기야말로 지난 수천 년 인류가 찾아 헤매던 무병장수의 불초로입니다. 보편타당한 인류의 건강 법칙인 거죠. 이 운동은 세상에도 도움 되고 나에게도 도움 된다는 의미의 자리이타(自利利他) 정신, 그리고 우리 모두가 연결되어 있다는 우분투(Ubuntu) 사상에 기초를 둔다는 철학도 정립하고 보니 더욱 잘되는 것 같아요.

그가 대한민국 맨발걷기의 상징으로 된 것은 그 스스로 맨발걷기를 통해 치유를 받았기도 하지만, 특히 맨발걷기의 효능을 의공학적으로 연구하고 알리는 작업을 해왔기 때문이다. 정확한 근거를 뒷받침해 다양한 형태로 알리는 작업은 의학적 시비를 불식시키는 데도 도움이 되고 있다. 심지어 이렇게 철학까지 정립하여 함께하는 이들의 마음까지 다잡아주고 있으니, 일의 형세가 심상치 않다.

어린 시절 부산에서 성장하셨는데 이와 관련해 맨발걷기에 대해 한 말씀 해주세요.

＊ 맨발걷기는 최고의 불로초입니다. 마침내 전국적인 맨발걷기 열풍이 일어나고 있으며, 특히 부산에는 해운대 해수욕장과 다대포 해수욕장에서 큰 규모의 맨발걷기 대회가 있었습니다. 경사가 거의

없는 태곳적 모래사장에서 3달 만이라도 걸어보세요. 우리가 태초에 가졌던 생명성을 회복할 수 있을 것입니다.

넘어진 자리에서 더 넘어지는 사람이 있는가 하면, 넘어진 그 자리에서 돌 조각이라도 들고 일어서는 사람이 있다. 박동창은 글로벌 금융인을 꿈꾸던 시절 아스라한 동토에서 생명의 위기에 심각히 빠졌다. 하지만 그 위기로 인해 그는 생명체의 근원적 이치를 깨달았으니, 그에게 주어진 하늘의 사명을 안 것이었을까? 맹자 왈, 하늘은 사람의 심신을 흔들어 고통의 담금질을 하고 난 뒤 그 자세를 보고서 큰일을 줄지 판단한다고 했다. 그가 넘어졌을 때 들고 일어선 우분투(Ubuntu), 자리이타(自利利他)의 철학과 맨발걷기는 아마 그가 신으로부터 받은 열쇠인 것 같다.

맨발걷기국민운동본부 카페
https://cafe.naver.com/walkingbarefoot

박동창의 인생2막 힌트

우리 모두가 있기에 내가 있다,
타인이 행복할 수 있도록 도와서 나의 행복을 찾아라.

동락
새로운 것을 배우며
인생3막을 즐겨라

할매 래퍼그룹 '수니와칠공주'

왕성한 활동기를 일컫는 인생1막의 뒤에는 경험치를 기반으로 한 번 더 뛰는 인생2막이 있다. 그리고 이 뒤에도 반드시 도달하는 인생 단계가 있다. 이른바 인생3막. 흔히 말하는 인생 말년이다. 복잡한 사회관계도 경제적 의무도 종결된 시점. 젊은 시절의 욕망과 불안을 뒤로하고 평온해지는 완성의 단계. 그런데 이 시점에 다시 '힙하게' 활동하는 할매들이 계셔서 화제다. 이들은 평균 연령 85세의 할매 래퍼그룹으로 서울, 부산, 대구 등 전국을 무대로 각종 공연을 해왔는데, 그러다 보니 요즘은 대기업 광고는 물론 정부 정책 홍보 영상에도 출연하신다. 해외 언론에서는 'K-할매'라고 칭하고 있다. 팔십 중반을 넘은 이들이 무엇을 하셨기에 그럴까? 이들이 살고 계신 경북 칠곡군 신4리의 경로당을 찾았다.

래퍼 할매 걸그룹 '수니와칠공주'가 칠곡 성인문해교실에서 공연 후 한자리 모였다. 앞줄 왼쪽부터 분위기 메이커 이필선(87), 카리스마 고(故) 서무석(87), 왕언니 정두이(92), 소녀 감성 홍순연(80), 리더 박점순(82), 뒷줄 왼쪽부터 칠곡글꼴 추유을체 주인공 추유을(89), 칠공주의 브레인 이옥자(80), 귀염둥이 막내 장옥금(75), 미모 담당 김태희(80) 그리고 '수니와칠공주' 기획자 겸 매니저로 활동하는 정우정(52) 칠곡군 성인문해 강사

할머님, 안녕하세요? 할머님들은 어떤 분들이신가요?

＊ 우리들은 경북 칠곡군 지천면 신4리에 살고 있는 할매들입니다. 현재 8명이 '수니와칠공주'라는 래퍼그룹을 결성해 활동하고 있습니다.

오늘 만난 이는 8인의 힙합 걸그룹이다. 즉 8인의 래퍼들을 만났다. 그런데 할매들이다. 그러니까 할매 걸그룹이다. 명성을 모르는 이들은 의아해할 것이지만 이 8인의 할매 래퍼들은 평균 나이 85세. 최연소 75세, 최고령자 92세다. 단연 세계에서 제일 고령의 래퍼들이다.

지난번에 할머님들이 부산 세계 엑스포를 기원하는 랩을 하셨고, 이에 감사하는 국무총리님의 메시지도 알려지며 부산 사람들의 많은 관심을 받았습니다. 어찌 된 것인가요?

＊ 칠곡군은 전통적으로 호국 평화의 고장입니다. 한국전쟁 때 북한군들의 공격에 맞서 낙동강 방어선을 지켜냈다는 자부심이 많은 곳이죠. 이번에 전 국민의 염원인 부산 엑스포가 꼭 유치되는 것이 호국이라고 생각하여 랩으로 노래한 것입니다. 여기 정우정 선생님이 도와주어서 그리된 것입니다.

(정우정 선생에게) 정우정 선생님은 이 그룹의 기획자 겸 매니저인 거죠? 애초 어떻게 기획하신 건가요?

＊ 저는 이곳 어르신들에게 한글을 가르쳐 온 문해 강사입니다. 경북도에서 주최하는 성인 문해 한마당에 출전하려고 준비하다가 우연히 MZ세대 그러니까 손자뻘들의 랩 장면을 보여드렸는데, 박점순(82) 할머님께서 "그 정도는 우리도 자신 있다"고 하셨어요. 그

래서 박점순 할머님을 리더로 하고서 성명 함자에서 '수니'를 따오고, 일곱 분이 함께하시어 2023년 8월 '수니와칠공주' 그룹을 결성한 겁니다. 할머님들이 워낙 긍정적이시라 일사천리로 연습했어요. 그리고 칠곡군 박종석 공보팀장께 알려드렸더니 좋아하시며 직접 촬영 제작해 주셨어요. 총리실에도 보냈다고 들었습니다. 부산 세계 엑스포 유치를 위해 BTS, 이정재 등과 같은 셀럽만이 아니라 시골 할머니까지도 염원하고 있다는 콘텐츠를 만든 것이죠.

(정우정 선생에게) 그런데 랩 가사를 만들기가 어렵지 않나요?

✱ 쉬운 일은 아니죠. 그런데 마침 우리 멤버 중 김태희(80) 할머님께서 경북 문예대잔치에 나가시어 시 부문 최우수상을 수상하신 '나의 꿈'이란 시가 있었습니다. 이를 랩 풍으로 번안하자고 생각했고, 이를 기초로 첫 번째 랩 '환장하지'의 가사를 만들었습니다.

'환장하지'는 마음이 답답하여 미치겠다는 말인가요? 김태희 할머님, 한번 불러주시겠어요?

✱ (랩) "나 어릴 적 친구들은 학교에 다녔지. 나 담 밑에 쭈그리고 앉아 울고 있었지. 설거지해~, 애 보기 해~. 내 할 일은 그거지. 환장하지~~!"

놀라웠다. 랩을 하지 않으실 때는 그냥 평범한 시골 노인이셨는데, 랩을 시작하시자 갑자기 180도 변해 멋쟁이 할머니로 변신하셨다. 이 스타일은 '장난'이 아니다 싶은 생각이 들었다.

(김태희 래퍼에게) 놀랍군요. 어떻게 이게 가능하신가요?

✳︎ 맹훈련을 했지요. 그런데 사실 우리는 처음이 아닙니다. 이제까지 8년이나 정우정 선생에게 한글을 배워왔어요. 그러면서 글을 못 배운 한을 극복한 동지 의식이 있어요. 우리 8인의 래퍼그룹 멤버는 아니지만 여기 계신 추유을(89) 할머님도 한글 문자를 계속 연습하시어 2020년 12월에 그 유명한 '칠곡할매글꼴'을 만드셨어요.

칠곡할매글꼴요?

✳︎ (할머니들 이구동성으로) 칠곡할매글꼴은 현재 한컴과 MS 오피스 프로그램에서 사용되고 있고 특히 국립 한글박물관 문화유산에 등재된 글꼴입니다. 80이 넘은 우리 칠곡군 할매들이 만든 독특한 한글 글꼴이죠. 추유을 할머니도 5개 서체 중 한 종의 개발

'수니와칠공주' 할매 래퍼들이 서울에 공연을 간 날 광화문의 세종대왕 동상 앞에서 포즈를 취하고 있다.

자입니다.

　말하자면 할머니들은 랩뿐만 아니라 컴퓨터 서체까지도 개발하여 등록하였다는 이야기다. 알고 보니 8인의 래퍼들은 걸그룹을 결성하기 전부터 이미 다이내믹한 몸풀기를 해오셨던 것. 포스트모던한 문화적 재생의 만만찮은 징 소리를 크게 울렸던 분들이셨다.

　(박점순 리더에게) 지금 랩은 몇 곡인가요?

　＊　7곡인데 곧 2곡 더 발표할 예정입니다. '환장하지' 발표 뒤에 '학교 종이 댕댕댕', '교가', '에브리바지 해피' 등을 계속 발표했어요. 내가 만든 '황학골 셋째딸'도 있고요. (할머니가 다음 랩을 직접 연출) '흑잿골 아니~, 송정골 아니~, 황학골에 셋째 딸로 태어났쓰. 오빠들은 모두 공부 시켰쓰. 딸이라고 나는 학교 구경 못 했쓰. 에이~ 우라질 우라질 우라질'. 우리 랩은 대부분 배우지 못한 한을 표현했고요, 남편을 그리워하는 마음을 표현한 것, 한국전쟁 때의 심정을 담은 랩도 있습니다. 모든 랩은 할머님들이 초안을 만들면 정우정 선생이 다듬어 곡을 붙였어요.

　(할머니들께) 젊은 시절 어떻게 지내셨는지 말씀 좀 해주세요.

　＊ "얼굴을 한 번도 본 적 없는 남자에게 스무 살에 결혼해 왔는데, 이틀 만에 남편이 군대를 입대해버려서 서러운 일도 참 많았어

요."(정두이·92). "19세에 시집와 너무 가난하게 지냈는데, 흉년이 든 어떤 해는 쑥만 먹었기에 그 뒤 10년 동안 쑥을 보기도 싫었어요. 그러다 집 뒤에 탄광이 생겨 일해서 번 돈으로 이곳에 논을 사 이사 왔지요."(홍순연·80) "여자라꼬 학교를 못 댕기게 해서 공부도 못했고 종이도 연필도 없어서 글자를 못 배운 게 한이었지만 그냥 평생 농사나 열심히 지으며 애들 낳고 키우는 재미로 살아왔지요."(서무석·87)

할머님들의 인생1막 초반 즉 10~20대에는 전쟁의 상흔, 가난, 배우지 못함의 3개 트라우마 상황에 지배를 받은 듯했다. 여자라는 이유로 학교에서 공부도 못하게 했기에 30대에는 농사꾼 남편에 의지해 5명 이상의 아들딸 낳아 키우며 그저 성실히 살아오신 것. 그런데 현재는 8명의 할머니 모두 아무도 남편이 생존해 계시지 않은 것이 특이했다. 여성들의 장수 이유는 무엇일까를 생각하게 했다.

지금까지 살아보니 제일 중요한 것은 무엇인가요?
＊ "부부가 백년해로하는 거지요. 친오빠의 친구와 결혼했는데 먼저 저세상 가버렸어요. 지금 큰아들과 같이 살지만 영감이 그리울 때가 많아요."(이옥자·80), "그저 건강하게 잘 사는 것이 중요하지 뭐가 있겠어요."(모두), "젊을 때는 공부가 중요해요. 가난하기는 다 가난했으니 그렇다 치지만 못 배운 한이 제일 크다. 면사무소에

서 문서가 와도 읽을 수가 없었어요."(모두)

무엇을 할 때 인생이 재미있다고 느끼시나요?

＊ "아들딸들이 와서 외식할 때."(이옥자), "객지에 나간 아이들이 찾아오거나 저거끼리라도 오손도손 잘 지낼 때."(장옥금·75), "이젠 가난도 없고 풍족해서 늘 좋심다. 8년째 배우는 한글 공부도 좋아요."(정두이), "마을회관이 있어서 너무 좋아요. 한글과 요가를 매일 배울 수 있고, 같이 계신 할머니들의 아들딸들이 먹을 거를 안 끊기게 갔다 줍니다."(이필선·87), "집에도 심심치 않게 생활지도사들이 와서 안부를 물어 줍니다. 보건소도 2~3달에 한 번씩은 갑니다. 칠곡군이 살기에 참 좋아요. 가을에는 누군가 와서 단풍 구경이나 시켜주면 좋겠어요.(시끌벅적)"(모두)

인생의 가치에 있어 연령이 주는 효과가 이렇게 강력하다. 인생 1막기에는 치열하게 산다. 그리고 인생2막에서는 인생1막의 습관을 지속한다. 어떤 경우에는 인생의 성공을 따지는 생각과 상실감에 힘들어하는 이도 있다. 하지만 인생3막에 접어들면 과도한 욕망도 원망심도 사라진다. 배우자의 사별, 친했던 지인과의 이별을 경험하며 인생의 시선이 달라진다. 그 대신 그 마음자리에 사랑, 배움, 보호, 감사를 챙기는 지혜와 부드러움이 스며든다.

(정우정 선생에게) 최근 할머님 한 분이 별세하셨지요? 장례는 어떻게 하셨나요? 그럼에도 불구하고 래퍼 할머님들을 찾는 이가 많지요?

＊ 얼마 전 지병을 이겨내시며 랩을 하셨던 서무석 할머님께서 별세하셨습니다. 남은 래퍼 할머님들이 장례식장에서 힙합 복장 차림으로, "무석이가 빠지면 랩이 아니지, 무석이가 빠지면 랩이 아니지"라는 랩을 하시며 추모 공연을 해드렸습니다. 현재 외부의 많은 분들이 '수니와칠공주'를 영화나 뮤지컬로 제작하고 싶다고 연락을 해오십니다. 우리 김재욱 칠곡군 스님도 '칠곡을 알리고 어르신들의 땀과 열정을 더욱 빛나게 할 수 있도록 문화콘텐츠로 개발할 것'이라고 하셨어요.

젊은 래퍼들의 옷과 모자를 걸치고서 래퍼들의 동작을 그대로 하시는 할매 걸그룹의 에너지는 장난이 아니었다. 가사가 귀에 착착 달라붙었다. 칠곡군의 '수니와칠공주'는 한국이 만드는 하나의 현상이다. 역사를 살펴보면 한반도에 이토록 평화와 번영이 지속된 적은 없었다. 전쟁의 상흔과 가난을 극복하고 선진화와 글로벌화하는 한국의 'K 현상'이다. 필자는 이 현상을 보면서 칠곡군이 하는 고령자 복지지원의 알뜰함을 생각하지 않을 수 없었다. 그들의 한글 문해 교육이 튼실하지 않았다면 어찌 할매시인, 할매영화, 할매글꼴이 탄생할 수 있었겠는가? 또한 한글 문해 강사의 진심에 감동하지 않을 수 없었다. 지극한 세대공감이었다. 일각에 사회 통합을 걱정하게 하는 일이 있을지라도 우리 사회에는 이렇게 세대 협력을 묵묵히 수행하는 이들이 있다. 성공인생이란 인생3막까지 끝이 좋아야 하는 법. 칠곡군의 주체들은 한결같이 'K 현상'의 훌륭한 롤 모델이 되고 있다. 할매들 만세다!

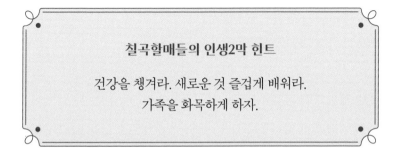

칠곡할매들의 인생2막 힌트

건강을 챙겨라. 새로운 것 즐겁게 배워라.
가족을 화목하게 하자.

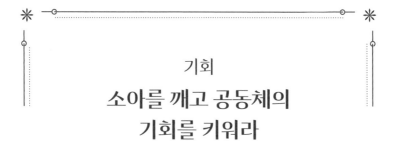

기회

소아를 깨고 공동체의
기회를 키워라

(사)기회의 학숙 유판수 학숙장

사람들 머릿속에는 늘 먹고 살 걱정만 가득 차 있다. 평균 수명이
길어지는 시대인데 돈 없으면 사람 구실 하기도 힘들기 때문일 것.
그러기에 은퇴를 앞두면 다시 일자리를 찾기 위해 고심한다. 그런
데 부산에는 완전히 다르게 사는 이가 있다. 그는 '지역사회의 올바
른 변화'에 두 번째 인생을 걸었다. 2024년으로 기준으로 27년째.
그동안 세상은 많이도 변화됐지만 그는 여전하다. 한결같은 맘으로
부산이 더 살 만한 도시가 되도록 소프트 파워를 구축해 왔다. 바로
'사단법인 기회의 학숙' 설립자인 유판수(85) 학숙장이다. 그를 만
나기 위해 동구 범일동에 있는 사무실을 찾았다.

안녕하세요? 이곳을 소개해 주시겠어요?

✱ '기회의 학숙'은 개인의 잠재력과 재능을 스스로 더 개발할 수 있도록 기회를 제공하고 그러한 자기 계발을 통해 지역사회와 공생 발전하는 기회를 부여하는 평생교육기관입니다. 비영리 민간단체입니다.

유판수 학숙장이 자원봉사 중간 지도자 양성 과정에서 '자원봉사 이론과 실제'를 강의하고 있다.

부산MBC PD출신인 유판수 학숙장은 사회변혁을 일으켜 온 지도자다. 칼럼니스트로 활동했으며 또한 시인, 수필가이고 소설도 습작하는 시대의 문인이다. 하지만 자신을 드러내기를 몹시 꺼리는 까닭에 인터뷰 때까지 공을 좀 들여 정희숙 총무이사, 고윤미 연구원과 함께 앉았다.

요즘 기회의 학숙은 어떤 일을 하시나요?

✱ 요즘은 자원봉사 중간 지도자 양성에 주력하고 있습니다. 자원봉사가 잘되기 위해서는 지도자층이 튼튼해야 하기 때문입니다. 엄선한 사람들을 대상으로 6개월 기본과정을 교육시키고 수료 후에는 청소년 인성지도자 자격증을 취득할 수 있도록 연계합니다. 또한 다양한 상급자 과정을 운영합니다. 또한 학숙에서는 여러 방

식으로 소외계층 돕기 활동도 합니다. 특히 '부산의 3산'으로 일컬어지는 성산 장기려, 백산 안희재, 요산 김정한 같은 선각자를 알리고 기리는 운동도 하고 있습니다.

언제 학숙을 설립하셨으며, 어떤 목적이셨나요?

＊ 1997년 설립했습니다. 우리들이 살고 싶은 미래를 상상하고 달성하기 위해서는 전문 지식을 쌓음과 함께 건강한 가치관의 변화를 일깨워야 합니다. 우리는 시민 개인들에게 이를 지원함으로써 궁극적으로 인생의 기회를 재창출하게 돕는 것이 목적입니다.

왜 이러한 단체가 필요했나요?

＊ 설립 당시 한국은 경제위기를 맞아 매우 힘들었습니다. 더구나 1970년대 이후 고속 경제성장 과정에서 부작용이 많이 나타났습니다. 빈부격차, 이기주의, 물질만능주의가 본격화됐어요. 저는 우리 공동체가 놓치고 있지만 가치 있는 일들을 되찾아 세상을 아름답게 변화시켜야 한다고 생각했고, 이를 위해 먼저 사회변혁가를 양성해야 한다고 생각했습니다. 당연히 이러한 사회변혁가를 양성하는 조직이 필요했고요.

직장에서 퇴직한 후 시작하신 것으로 알고 있습니다. 젊은 시절 어떤 일을 하셨기에 그런 필요성을 생각하셨을까요?

* 저는 젊은 시절 부산MBC에서 PD로 활동했습니다. 잘 아시는 방송 프로그램인 〈자갈치아지매〉를 기획해 10년 이상 직접 운영한 바 있고, 편성국장을 거쳐 방송국 기획이사급까지 활동했습니다. 그런데 재직 시절 미국 웨스틴 버지니아 대학에 방문 교수로 간 일이 있어요. 그때 우연히 피터 쿠퍼(P. Cooper)란 분의 생애를 알게 됐지요. 가난했기에 초등학교를 중퇴했으나 경제적 성공 후 등록금 전액 무료인 쿠퍼 유니온 대학(The Cooper Union for the Advancement of Science and Art)을 설립하는 등 미국을 변화시킨 분이죠. 또한 미국인들은 두 명 중에서 한 명은 자원봉사 활동을 하더군요. 그들의 사회기여 문화가 미국을 단단히 부여잡고 있음을 깨닫고 감명을 많이 받았지요.

유판수 학숙장이 부산MBC에서 PD로 활동하던 시절 '영남 4사 MBC PD 회의'에 참가한 뒤 기념으로 찍은 사진

유 학숙장은 쿠퍼 유니온 대학에서 많은 감명을 받았던 듯하다. 백만장자 피터 쿠퍼가 1859년 뉴욕 맨해튼에 설립한 쿠퍼 유니온 대학은 건축, 미술, 공학(Architecture, Fine arts, Engineering)의 3분야 전공만 있는 전교생이 천 명도 되지 않는 작은 대학이다. 하지만 프

랑스 에꼴과학기술대학교를 모델로 하였고, 전액 장학금 지급 및
수준 높은 교육으로 세계 최고의 대학이 되었다 한다.

미국에서 감명을 받으셨군요.

＊ 그때만이 아닙니다. 방송국 은퇴를 앞두고 남은 인생을 어떻
게 살 것인지 구상하면서 세계 여러 나라를 방문했죠. 그중에서 연
수를 갔던 일본 마쓰시다 정경숙(松下政經塾)에서도 영감을 많이 받
았습니다. 그곳은 경영의 신이라 불리는 마쓰시다 고노스케 회장이
84세에 설립한 곳입니다. 학위, 강의실, 교수가 없는 없는 3무 교육
경영을 하며 일본 사회를 변화시키는 동력을 일으킨 곳이죠. 일본
에는 이곳 출신이 정계나 재계에 많이 포진해 있습니다. 세상을 변
화시킬 사회혁신가를 지원하는 빌 드레이튼(B. Drayton)으로부터도
많이 배웠습니다. 이분은 '사회적 기업가'라는 용어를 만들고 아쇼
카(Ashoka) 재단을 설립한 분이죠. 이러한 사례를 접하며 나도 사회
변혁의 일에 평생을 걸겠다고 다짐을 했습니다.

MBC에서 재직할 때부터 줄곧 지역사회 문제에 관심을 가지고
활동하던 유 학숙장에게는 90년대 후반의 부산 지역사회의 격차
문제가 눈에 많이 띄었던 것 같다. 유 학숙장은 그때 '부익부 빈익
빈의 악순환을 끊기 위해서는 경제적 지원보다는 인문학 교육이 더
필요하다'고 한 얼 쇼리스(E. Shorris)가 만든 클레멘트 코스(Clemente

Course)도 살폈다고 한다. 그런데 위인이 범인과 다른 것은 시대를 읽는 눈도 눈이지만 몸을 던지는 실천력이다. 그는 어떻게 했을까?

그래서 어떻게 하셨어요?

＊ 아시아 리더십 트레이닝 센터를 만들어야겠다는 생각과 함께 극빈자 문제와 자원봉사 공부를 본격적으로 하면서 부산사회복지협의회를 창립했죠. 그리고 미국에서 돌아온 즉시 한국자원봉사연합회도 결성했지요. 그 과정에 '나의 성장과 발전은 타인의 성장과 발전에 도움이 돼야 한다'는 철학이 더 단단해졌습니다.

학숙은 현재 일본과 함께하는 프로그램도 있지요?

＊ 설립 초부터 시코쿠 정경숙(四國政經塾)과 자매결연을 했지요. 오와다 요시오(大和田良夫) 숙두와는 지금도 호형호제합니다. 한일 간에는 정치와 다르게 민간교류가 지속돼야 하기에 의기투합하고 있습니다. 시코쿠가 정치·경제인을 양성하는 엘리트 양성기관이라면, 우리는 풀뿌리처럼 낮은 곳에서부터 봉사지도자를 양성하는 곳이라 할 수 있습니다.

설립 후 어떤 활동을 하셨나요?

＊ 학숙은 부산시에 등록된 법인으로 2003년 문화관광부로부터 문화학교로 지정됐습니다. 지금까지 지도자 양성 기본과정을 46

기, 상급 과정을 36기까지 운영하는 등 교육생을 총 1,500여 명 배출했습니다. 등록된 강사만 해도 200명이 넘습니다. 그 외 한일 청소년 교류 홈스테이, 호스피스 교육, 도슨트 교육 등도 실시했습니다. 2004년에는 'RIDE BUSAN'을 결성해 인도 등 해외 지원활동을 했고, 'APEC봉사단'과 '하늘지붕 집수리 봉사단'을 결성해 나눔을 실천해 왔습니다. 2006년부터 '캄보디아 희망회복운동'을 시작해 코로나19 이전까지 15년간 23회를 현지 방문해 자전거도 공급해 주고 집을 지어주거나 우물을 파주는 등의 활동을 해왔습니다.

지역 공동체 발전을 위해 일하시지만 그래도 그동안 어려움도 많았지요?

＊ 명칭을 '학숙'이라고 하다 보니 친일파라는 이야기도 들었고, 애초 재정을 후원하기로 했던 분이 별세하시어 모든 계획이 흔들리기도 했습니다. 그래도 부산경상대학교 재단이 현재 이 공간을 수십 년 무상으로 지원해 주시어 이 일도 가능합니다. 무척 감사한 일입니다. 허성회 이사장님을 비롯해 설립 때부터 함께한 우리 이사진들의 신념은 저보다 더 단단하셔서 가치를 추구하는 사람들로서 연대감을 느낍니다.

돈키호테, 얼간이, 꿈을 먹고 사는 벌레 등 그에겐 이상한 별명이 많다. 그러나 그는 그런 것은 캄보디아 프놈펜(Phnom Penh) 봉사 현장에서 만난 퇴직자나 여행자들이 몇 달씩 머무르며 하는 봉사활동을 떠올리며 아무래도 좋다고 생각한다. 우리 사회가 변화에 대처하는 역량을 내재화하는데 학숙이 기여하기를 바랄 뿐이다.

요즘 세상은 더욱더 극단적으로 나아가고 있다. 극단적 개인주의, 극단적 물신주의가 판치는 세상이다. 공동체의 새로운 질서를 주도할 큰바위얼굴을 말하는 그의 언어가 명징하다.

인생2막의 사람들에게 한 말씀 해주세요.

✽ 저는 이제 젊은 시절의 방송국 재직 기간과 퇴직 후 활동을 한 기간이 거의 비슷해지고 있습니다. 이 일을 시작할 때 주위의 만류도 많았고 퇴직 후 스카우트 제의를 받기도 했지만, 사회를 변혁시킬 인재 양성을 통해 더 나은 사회를 지향한다는 열망으로 살아왔습니다. 퇴직은 인생을 정리할 때가 아닙니다. 영어단어인 'Retire'

에서 보듯이 타이어를 바꿔 끼우고 다시 달리는 시작점입니다. 원숙한 경험을 바탕으로 청장년기와는 또 다른 유형의 창조적 공헌을 할 수 있는 출발점인 거죠. 불안과 모순, 갈등이 너무 많은 이 세상을 변화시켜야 합니다. 꿈이 있는 사회, 아름다운 이야기가 피어나는 세상을 만드는데 함께 하기를 권해 봅니다.

사람은 두 가지 종류가 있다. 이익을 추구하는 사람과 가치를 추구하는 사람이다. 그런데 전자의 사람들은 남의 이익을 뺏을 생각을 한다. 그러나 가치를 추구하는 이는 파이를 키운다. 누군가의 주머니를 비게 하기보다는 누군가의 주머니를 채워 공존을 도모한다. 유판수 학숙장은 후자다. 그의 27년 인생이모작은 남을 돕고 세상을 이롭게 하는 세월이었다. 사회학자 달렌도르프(R. Dahrendorf) 식으로 보자면 사람들이 더 다양한 삶의 기회를 즐길 수 있도록 도우면서 결속력도 증진시켜 왔다. 우리 사회에 이렇게 존경할 만한 원로가 계시니 참으로 가슴 벅차다.

(사) 기회의 학숙
https://itifo.org/

유판수의 인생2막 힌트

젊은 날의 경험을 바탕으로 새로운 기회를 일으키는
사회변혁가가 되어보라.

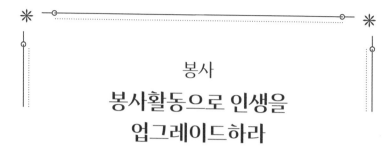

봉사

봉사활동으로 인생을 업그레이드하라

세종로국정포럼 박승주 이사장

위대한 일은 열정으로 인해 성사된다는 말이 있다. 하지만 은퇴기에 접어들면 열정부터 옅어진다. 물론 그 자리에 인생의 경륜이 쌓이긴 하지만 폭발하는 열정을 더 보기는 어렵다. 만약 경험이 주는 지혜와 함께 식지 않는 열정을 가질 수 있다면 어떨까? 이번에 만난 분은 70을 넘겼으나 열정과 함께 기획력, 추진력이 중장년 이상이다. 대한민국을 강대국으로 만들자는 열정이 우리에게 용기를 줄 분이라 서울 인사동에 있는 사무실을 방문했다.

이번의 행사는 어떤 행사인가요?

＊ 이 행사는 사단법인 한국국제자원봉사회(KIVA)의 창립 발대식 행사입니다. 회원기업들은 한국 내에서의 외교자원봉사 활동을 통하여 세계 각국과 깊은 우호관계를 맺는 동시에 봉사활동을 통해 형성되는 인맥과 정보로 세계적인 비즈니스 네트워크를 구축하려는 행사입니다. 전국 각지의 기업인들이 많이 오셨습니다.

한국국제자원봉사회(KIVA) 박승주(가운데) 조직위원장이 봉사회에 함께하는 멤버십 기업의 대표들과 제1차 친교 워크숍을 개최했다.

KIVA는 어떤 일을 하는 조직인가요?

＊ KIVA는 기업의 해외시장 개척을 지원하면서 지방자치단체의 세계화를 촉진할 목적으로 외교부가 인가한 민간 공공외교 사단법

인입니다. 특히 중소기업들의 수출시장 다변화와 전 세계시장 개척에 큰 역할을 할 것이며, 각 분야별 체제혁신에도 기여할 것입니다.

이번에 만난 이는 세종로국정포럼 박승주(72) 이사장이다. 그는 현재 KIVA의 조직위원장이기도 하다. 21회 행정고시 후 30여 년 공직 생활 중 행정안전부 국장과 대통령비서실 정부혁신지방분권비서관을 거쳐 여성가족부 차관을 역임했다. 부산과는 1992년 컨테이너세를 제도화하는 일, 그리고 2002년 월드컵 폴란드전에서 승리하는데 핵심 역할을 한 인연이 있다고 한다. 필자와는 오랜 지인 관계이지만 몇 년 만에 만났는데 세월이 비켜 간 듯 여전히 맑은 얼굴이다.

이러한 일이 왜 필요한가요?

＊ 우리나라는 인구의 50% 이상인 2,600만 명이 수도권에 거주하고 있으며 자본, 기업, 기술 일자리의 절대 수가 수도권에 집중해 있습니다. 그러다 보니 수도권의 흡인력이 너무 커서 비수도권 지역은 인구도 소멸하고 기업활동도 힘들어지고 있어요. 그러나 지방 기업이라도 든든한 해외 시장을 확보하고 있다면 수도권을 의식하지 않고 회사를 키울 수 있고 일자리를 늘려 지방소멸 문제도 해결할 수 있습니다. 기업의 해외 네트워크 개척을 전문적으로 도와주는 시스템이 절실히 필요한 거죠.

KIVA는 어떤 식으로 운영하는 건가요?

✻ KIVA의 활동 주체는 기업-지자체-주한 외국대사관입니다. 이들 3주체를 자원봉사를 매개로 해서 함께 묶습니다. 어떻게 하느냐 하면, 한국에는 113개의 주한 외국대사관이 활동하고 있지요. KIVA는 우리나라의 기업들이 광역 시도별로 이들 대사관들과 1 대 1로 친교 관계를 맺게 하고서, 회원 기업들이 각 나라에 외교 자원봉사 활동을 하게 합니다. 즉 광역지자체인 시도별로 지역 소재 113개의 회원 기업이 협력관계를 맺은 각 나라의 국민들이 자기 시도에 관광, 교육, 비즈니스의 목적으로 오갈 때 지역 문화를 체험하게 하는 등 봉사를 해주는 것이죠. 그렇게 된다면 기업 입장에서는 전 세계적으로 양질의 외국인 인맥을 갖게 되기에 아주 굳건한 인맥 네트워크를 만들 수 있습니다. 상생할 수 있는 정보도 서로 교류하게 되고요. 그러면 자연스럽게 지역 중소기업들의 해외시장이 상상 이상으로 크게 열리게 되는 것이죠.

매우 전략적인 자원봉사군요.

✻ 그렇습니다. 봉사활동 중 단단한 인맥이 형성되는 전략적 마인드 개념입니다. 그런데 KIVA 방식은 그 개념을 한 걸음 더 넘어선 방식입니다. 지방정부가 함께 하니까요. 민간기업과 지자체가 힘을 합해 외국을 대상으로 '공공외교 자원봉사'를 하는 방식입니다. 정부가 주관하는 국가외교에 대칭되는 개념이죠. 문제는 지금 비수도

권은 이렇게라도 해야 생존할 수 있다는 것입니다.

그의 생각은 기업의 사회적 책임 활동(CSR: Corporate Social Responsibility)의 개념을 넘어 공유가치 창출(CSV: Creating Shared Value)의 개념까지 나아간 것 같았다. 전자가 기업의 이익을 창출하기 위해 하는 봉사활동이라면, 후자는 현대 경영전략의 아버지로 불리는 마이클 포터(M. E. Porter) 하버드대 교수가 주창하는 것으로, 처음부터 경제 및 사회 가치를 동시에 구현하는 활동이다.

지자체와 기업들의 전략적 사고 전환이 필요하군요.

＊ 현재 전국적으로 89개 시군구가 인구소멸지역으로 공지되어 있고, 정부에서는 인구소멸대응기금을 만들어 좋은 정책을 찾고 있습니다. 알다시피 비수도권지역은 거의 대부분 젊은 층의 수도권으로의 유출이 심해 인구소멸대상이기 때문입니다. 그런데 지방정부들이 절실한 맘으로 방법을 찾고 있는데, 접근방법이 맥을 제대로 잡지 못하고 있습니다. 지역소멸을 막는 핵심 방법은 기업을 키워 괜찮은 일자리를 늘리는 것인데, 현재와 같은 규제행정을 하는 한 이 문제를 풀 수 없습니다. 저는 지자체와 기업들의 전략적인 사고의 전환이 필요하다고 주장합니다. 이제는 적극적으로 '친기업적 조장행정'을 해야 합니다.

친기업적 조장행정은 어떤 뜻인가요?

＊ 지역의 기업과 산업이 성장할 수 있도록 조장하는 행정을 말합니다. 핵심은 기업의 판로 확보인데, 국내시장은 레드오션으로 포화상태이기에 지방정부가 해외시장이라는 블루오션 개척에 나설 필요가 있습니다. 친기업 행정이 필요하고 공무원들의 세계시야 행정이 중요합니다. 이렇게 지역의 관내 기업을 살리는 적극행정이 바로 조장행정입니다. KIVA가 하는 지역기업-지자체-주한대사관의 외교자원봉사 상생체계 구축은 바로 광역지자체의 해외시장 개척을 도와주기 위한 것이죠. 한국에 여행 온 외국인들이 불편함 없이 한국을 체험할 수 있도록 기업인과 시민들이 도와주는 봉사활동 시스템이 가동된다면 이는 곧 해외 네트워크 확장으로 연결되는 것이죠. 예를 들어 부산시와 부산 KIVA가 협력하여 벡스코에서 113개 국가의 주한대사를 초청하여 기업인들과 한자리에서 가칭 '부산국제통상협력회의'를 하며 부산경제 활성화를 논한다고 생각해 보세요.

KIVA 봉사연대에는 지방정부의 역할이 중요하겠군요.

＊ 상공회의소가 역할을 해주면 금상첨화입니다만, 비수도권 지역의 지자체들은 정말 절실한 마음으로 이제껏 없던 구상을 해야합니다. 과거 답습 방식을 결별하고 적극행정으로 나서야죠. 예컨대 1990년대 초반, 부산 지역 교통 정체 문제를 푼 사례도 적극행

정이었습니다. 그때 저는 청와대에서 부산 담당 행정관을 했는데, 부산 시내의 교통 정체 때문에 수출입 기한을 맞출 수가 없어 국가 적으로 골치였습니다. 저희들은 고심을 거듭한 끝에 컨테이너세를 지방세로 신설하여 신선대부두 황령산터널 광안대교를 건설하는 재원 1조 5,000억 원을 만들어 해결했습니다. 그 적극행정으로 부산이 매우 발전했지요.

부산의 도시세에 큰 영향을 미치는 부산 물류와 교통의 그랜드 디자인이 그렇게 만들어진 비화를 듣는 것은 솔깃했다. 당시 부산 광역시에서 이에 부응하여 적극행정을 추진한 이는 당시 안상영 시장과 오거돈 재무국장이었다 한다. 도시발전 역사에 있어서 격세지감은 얼마나 심대한가.

그런 역사가 있었군요.

＊ 그런데 이제 부산은 지역 위상 제고라는 새로운 숙제를 안고 있습니다. 현 상황에 대해 빅 퀘스천 하면서 대안을 찾는 적극행정을 해야 합니다. 부산 출신 동원그룹 김재철 회장은 사무실에 지도를 거꾸로 걸어놓고 해외 경제영토를 확장했었죠. 지역기업의 해외 시장 확대를 위해 부산시와 부산기업들은 상상력과 추진력을 갖춘 KIVA의 봉사연대 개념을 적극 활용해야 합니다.

KIVA 봉사연대는 부산 도시외교 강화로 직결될 수 있군요.

＊ 그렇습니다. 도시외교 실천 방법입니다. 현재 김성환 동북아재단 이사장(전 외교부장관), 주영섭 서울대 특임교수(전 중소기업청장), 최원락 님(전 ING뱅크 서울지점장), 홍의숙 님(전 한국여성벤처협회 부회장), 이희문 님(전 미국 메릴랜드 목회자)과 저 박승주가 역할을 나눠 활동하고 있습니다. 80여 기업이 참여해 계속 확장 중이고요. 2024년 6월 광주연구원 초청 강연에서 '광주 도시외교 강화 방안' 제목으로 KIVA를 설명했는데 최치국 광주연구원장이 깊은 관심을 보였습니다. 그리고 현재 대구시와 경북도가 행정통합을 추진 중인데, 제가 자문위원으로서 친기업 세계시야 행정을 해야 한다고 주장한 바 있습니다. 부산의 경우 '2030 부산 엑스포' 유치 운동을 할 때 사전에 KIVA 시스템이 구축되어 정부의 유치 작전과 병행했더라면 결과가 달라졌을 겁니다.

세종로국정포럼도 알차게 운영되지요?

＊ 저는 자원봉사가 국격을 고양시킨다는 신념으로 공직 생활 중 봉사단체를 만들었고 지금까지 35년째 활동 중입니다. 그중에 2005년에 설립한 '세종로국정포럼'은 지금도 창창합니다. 정회원 500명이 넘는 이 포럼은 매월 장차관을 초청하여 정부 정책을 직접 듣는 공론장입니다. 현재까지 총 223여 회 동안 초청했던 강사 중에는 나중에 대통령 총리가 된 분도 여러분입니다. 그리고 2015

박승주 이사장이 KIVA의 활동 목표와 향후 비전에 대해 설명하고 있다.

년 광주 유니버시아드 대회 때는 115개 기업을 엮어서 광주 시민터포터즈를 만들었고, 대회 기간 중 지역체험 공공외교 안내봉사를 한 결과 각 나라의 선수단으로부터 크게 친절한 광주라는 호평을 받은 바 있습니다.

평생을 공직자로 봉직해 오셨는데, 공직자 후배들에게 한 말씀 해주세요.

＊ 현직에 있을 때 인생2막을 구상하라고 권하고 싶습니다. 막상 퇴직하고 나면 겁이 나서 아무것도 못합니다. 공직자 특유의 보수성도 있고요. 우물쭈물하다 보면 5년, 10년이 금방 지나가 버리죠. 그렇기에 현직에 있을 때 은퇴 후 활동에 대한 강한 의지를 가져야 합니다. 둘째는 노후엔 정신 건강이 신체 건강을 이끌기에 정신 건강을 높이는 활동을 일상화해야 합니다. 저는 은퇴 후엔 봉사활동 하시라고 권합니다. 봉사활동을 하면 엔도르핀과 세로토닌이 분비되어 신체적으로도 건강해집니다. 봉사활동에 참여하시면

강한 인맥과 정보를 동시에 얻을 수 있게 되니 금상첨화입니다.

　세기적 지적 스타 유발 하라리(Y. Harari)는 신체적으로 왜소한 호모사피엔스가 지구의 지배자가 된 이유를 이 개체가 가진 상상력(지식)과 연대성으로 설명했다. 인생이모작기에 접어든 사람들은 상상하는 힘을 길러야 한다. 상상력이 약한 연대성은 무리 지어 이곳저곳 몰려다니는 동물과 다를 바 없다. 박승주 이사장의 상상력은 그의 시대를 읽는 통찰력과 함께 가히 최고급 수준으로 보인다. 특히 그는 '공공외교 자원봉사'라는 개념으로 중소기업의 세계시장 석권과 지방소멸 위기에 대한 처방까지도 제시하고 있다. 지자체의 친기업적 조장행정, 기업들의 방한외국인 봉사, 지자체-기업-주한 대사관 봉사연대를 통한 지역의 세계화까지 도모한다는 구상이다. 최고위 공직자 출신으로서 시대적 소명을 안고 가는 어깨에 결기가 가득 차 있다.

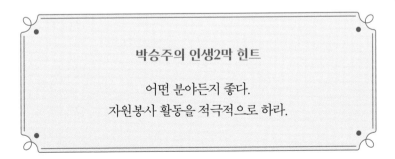

박승주의 인생2막 힌트

어떤 분야든지 좋다.
자원봉사 활동을 적극적으로 하라.

2부

금오옥토(金烏玉兔)

자연과 교감하는
궁극의 지혜자들

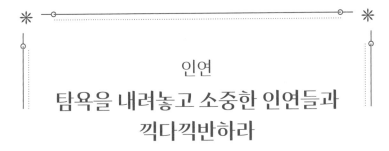

인연
탐욕을 내려놓고 소중한 인연들과 끽다끽반하라

한국아나운서클럽 이계진 회장

계절이 지나고 있음을 안 것일까? 7월이 되니 화려하던 초여름 장미가 고개를 떨군다. 그 곁에는 이제 수국과 능소화가 아름답다. 누구에게나 자신의 계절이 있는 것. 젊은 시절 아무리 화려했던 사람도 화양연화를 영원히 누릴 순 없다. 그런데 우리들은 무대를 내려온 뒤 조우하는 낯선 일상을 어떻게 살아야 할까? 이번에는 젊은 시절 꽤 화려했지만, 퇴직 후 산골로 귀촌해 가장 멋있게 살고 있는 이를 만났다.

안녕하세요? 이 산촌에는 신록과 함께 해바라기꽃이 밝군요. 그

동안 어떻게 지내셨나요?

＊ 여기는 경기도 광주시 화계산의 어느 산자락입니다. 저는 아나운서 이계진입니다. 이곳으로 귀촌하여 날마다 밭에 가서 채소 가꾸고 차 마시고 책을 읽으며 즐겁게 지내고 있습니다.

귀촌 28년 차 이계진 회장(한국아나운서클럽)이 화계산 산촌에 자리한 집 뜰에서 다목적 운반차를 운전하다가 정원의 나무에 대하여 설명하고 있다.

이번에 만난 이는 한국아나운서클럽 이계진(78) 회장이다. 아마 육칠십 대 독자는 그를 잘 알 것이다. 훈남 스타일의 그는 요즘 말로 하면 '국민 아나운서'였기 때문이다. 1973년 한국방송공사(KBS) 1기 공채 아나운서가 된 후 〈아침마당〉, 〈TV는 사랑을 신고〉, 〈체험 삶의 현장〉 등 최고 인기 프로그램의 진행자로 활동했다. 아나운서를 마친 뒤에는 국회의원을 두 번이나 하는 등 인생의 무대를 화려하게 살았던 분이다.

언제 이곳에 들어오셨나요?

✳ 1996년에 들어왔으니 28년째 살고 있습니다. 제가 귀촌할 당
시에는 전원생활이나 귀촌이 대중적이지 않을 때였죠. 하지만 지금
의 '전현무 급'이랄까, 프로그램 6~7개를 소화하던, 제일 잘나가던
시절 저는 이 산촌으로 들어왔습니다.

그렇게 잘나갈 때 어떤 계기로 귀촌하셨던 건가요?

✳ 어떤 생각이 늘 있었습니다. 예를 들어 '인생의 오후'를 어떻
게 보낼까? 조명과 박수가 사라졌을 때 당황하지 않고 살 방법이 무
엇일까? 같은 물음이었습니다. 제 머리에는 어느 날 마이크를 내려
놓을 날이 올 때 산수가 좋은 곳에서 잊힌 듯 지내고 싶다는 생각이
늘 있었어요.

그러면 특정한 계기가 있어서가 아니라 아주 젊었던 시절의 로망
이었군요?

✳ 그렇죠. 도시의 직분을 다하고 난 뒤 겨울 지나고 봄이 오는 곳
에서 살고 싶다는 생각을 항상 가지고 있었어요.

전번에 책을 내셨는데, 제목이 '해바라기 피는 마을'이더군요.

✳ 해바라기는 자칫 멋없고 단순해 보이지만 알고 보면 꿋꿋하고
당당해서 좋아합니다. 그래서 그 이름을 따서 책『해바라기 피는 마

을』(맑은소리맑은나라, 2024)를 냈습니다. 저의 블로그 이름도 '해바라기 피는 마을'입니다. 제가 블로그에 올린 글들과 요즘 노인이 된 마음과 눈으로 바라본 세상 이야기들을 보태서 엮은 것입니다. 아, 그리고 해바라기는 제가 정치인으로 일할 때 강원도 원주에 많이 심고 싶은 계획이 있었던 꽃입니다.

이계진 회장이 정원의 나무 밑에 있는 독서용 책상 앞에 앉아 스마트폰으로 오는 정보를 확인하고 있다.

대중들은 '아나운서 이계진'을 기억할 것인데, 정치도 하셨던가 봐요?

✳ 저는 국회의원을 재선까지 했습니다. 제가 좀 알려진 방송인

이었다 보니 정계로부터 정치에 입문하라는 제안을 받은 적이 많습니다. 계속 거절하고 있었는데, 어느 정권이 저를 방송에서 강제 하차시키더군요. 고심하다가 정계에 발을 들여놓게 되었지요. 두 번째 국회의원 때는 강원도지사 선거에도 나갔습니다.

도지사 선거에도 나가셨다고요?

＊ 2010년이었지요. 하마터면 강원도지사가 될 뻔했었지만 결국 낙방했습니다. 모두 불법선거 때문이었어요(웃음).

불법선거 때문이라고요?

＊ 네. 보통 사람들이 생각하는 불법(不法)선거가 아니라, 불법(佛法)선거입니다. 저는 부처님 법대로 선거에 임했지요. 여론조사에 따르면 저는 우세하게 당선되었어야 했는데, 못되었어요. 이유는 제가 이해관계자들과 적절히 손을 잡지 못했기 때문입니다. 당시 현실정치란 것이 표를 위해서는 결탁도 하고 금품도 만져야 했는데, 저는 그걸 못 하겠더군요. 이겨야 했지만, 스님, 가족, 친구들 앞에서 부끄럽게 활동하여 이기고 싶지 않았어요. 무엇보다 저는 법정 스님의 제자였기에 선거를 부처님 마음으로 했습니다.

2010년 강원도지사 선거는 유명했다. 그는 여론조사에서 우세했으나 결국 역전을 허용하고 말았다. 그는 후원금 받는 선거를 거부했다. 그 당시 선거 때만 해도 후원금도 받아 적절히 사용해야 하던 시기였다. 표를 끌어모으기 위해 공천 경쟁자들을 어르고 달래야 하던 시기였다. 하지만 그는 그런 방식을 거부했다. 그 대신 블로그를 만들어 운동했는데 이것이 현실 정치에서는 수용되지 않았던 듯. 그의 낙선에 대해 언론에서는, 그가 경선에서 떨어진 사람의 손도 잡아주어야 했다고 논평했다.

당시 선거의 패배감을 어떻게 극복하셨나요?

✻ 개표하는 날 밤을 새우고 이곳에 오니 새벽 4시였어요. 도와주신 분들을 생각하면 몇 달 동안 마음이 힘들기도 했지요. 하지만 다음날 동이 트는 아침부터 밭을 갈고 일을 했습니다. 저는 법정 스님의 유발상좌(有髮上佐)였습니다. '맑고 향기롭게 살아가기 운동'의 이사였고요. 불법(佛法)선거를 잘 마쳤다고 생각하고 정리해 버렸습니다. 그 뒤 저는 정말 귀촌자가 되었습니다.

2010년 후부터네요. 서울에서 그렇게 화려하게 활동하셨는데, 여기서 밭을 갈며 지내는 게 쉬울 것 같지 않군요. 마음공부의 도가 대단하셨나 봐요?

✻ 지금은 이렇게 반듯하게 정리되었지만, 당시에는 첩첩산중이었고 온통 돌산이었습니다. 여름에 비가 오고 나면 산에서 토사가 엄청나게 쏟아져 내려 지형을 변화시켜 버리기도 했죠. 여기서 9년

을 사셨던 저의 어머니께서 '아비는 돈을 주고 돌을 샀다'고 하실 정도로 돌이 많았어요. 초기엔 일반인의 시각에서는 참 한심한 면도 있었죠. 그러나 저는 수처작주(隨處作主), 말하자면 '어느 곳에 있든 주인'이라는 생각으로 귀촌을 결정하였기에, 자연 속의 안식처를 만들기 위해 땀 흘리는 일은 오직 즐거울 뿐이었습니다.

사모님도 좋아하시나요? 하루의 일상을 말씀해 주세요.

＊ 사실 이곳 위치도 아내가 정했고요. 이곳 생활을 아내가 더 좋아합니다. 아내는 농사일을 하지 않기로 약속했고, 우리 부부의 일상은 단순합니다. 아침에 일어나면 정화수 떠 놓고 기도 후 일과를 시작합니다. 지금까지 28년간 마음 비우고 쉬엄쉬엄 서른 개 넘는 작물을 가꾸고 기르니 만사가 편합니다.

그러면 서울에서 맺었던 인연들은 어떻게 하시나요?

＊ 저는 현재 모든 방송사의 퇴역 아나운서들의 모임인 '한국아나운서클럽'의 회장을 맡고 있습니다. 간간이 특집 프로그램에 출연 요청을 받고도 있고요. 그러니 일주일에 1, 2번은 서울을 오갑니다. 귀촌은 은둔이 아니기에 활동하던 도시에서 너무 멀어지면 안 되죠. 그러나 너무 가까우면 집값이 비싸니 귀촌지를 선택하실 때는 적정거리를 생각해야 합니다. 저는 그 배치를 잘한 것 같아요.

귀촌자가 가져야 할 자세는 어떤 것일까요? 귀촌 선배로서 말씀
해 주세요.

  ＊ 최소한 아이들이 대학에 들어가고 난 뒤 해야겠죠. 아이들 공
부를 생각하면 귀촌하기 어렵기 때문입니다. 본인의 직장문제도 해
결되어야죠. 그리고 귀촌은 충동적이 아니라 절실한 마음으로 결정
해야 하고요. 그 마음을 가족이 동의해 주어야 해요. 남들의 귀촌 생
활이 좋아 보인다고 덜컥해서는 아니 됩니다. 생계를 위해 농사를
짓는 귀농과는 다르지만, 자연을 사랑하고 부지런해야 합니다. 밭
을 일굴 때 정말 많은 손이 필요합니다. 부지런하지 못하면 힘들죠.
채소나 식물들은 물을 잘 주어야 하는데, 저는 어떤 때는 서울에서
밤늦게 돌아와 밤 자정까지도 물을 뿌려준 적도 많습니다. 일종의
'급수공덕(給水功德)'을 한 거죠(웃음).

그러나 번잡한 도시에서 살던 사람 기준으로 볼 때 산속의 생활
은 심심할 것 같은데 어떤가요?

  ＊ 반드시 심심하기만 한 것은 아니지만, 즐기는 일은 있어야 해
요. 저는 법정 스님의 책을 읽는 '무소유 책읽기 모임'을 진행하고
있습니다. 한 7년 되었습니다. 회원이 35명 정도인데, 매달 20명씩
은 서울, 원주, 청주, 춘천, 세종시 등에서 오십니다.

놀랍고 신기하군요. 7년이나 이 깊은 산중에….

✽ 그런가요?『무소유』책은 현대판 불교 경전이라고 생각합니다. 읽을수록 깊은 맛이 있습니다. 그리고 우리는 생텍쥐페리(A. de Saint-Exupry)의『어린 왕자』도 읽고 있습니다. 대단한 책입니다. 이제까지 30회 정도 읽은 듯합니다. 책 읽기 모임에는 목사님도 오십니다. 우리는 종교를 넘어 같은 뿌리의 나무들입니다.

산골에서 즐겁게 편하게 지내면서 사람 좋게 보이게 웃는 이계진 회장

이계진 회장이 법정 스님을 존경하는 마음은 보통이 아니었다. 그를 따라 들어가 본 한 건물 공간에는 그가 활동하던 시절의 사진과 기념품들이 많이 전시돼 있었는데, 다른 한쪽에는 스님과 인연을 맺은 다양한 물품들이 전시 보관돼 있었다.

산촌에 사는 입장에서 인생이모작기 사람들에게 한 말씀 해주세요.

✽ 사람들은 끝없는 탐욕을 부리고 남과 항상 비교하기 때문에 불행해집니다. 이 세상에 내 것이 없다는 자세, 자신감은 가지되 고

집부리지 않는 자세를 익히는 것이 좋지 않나 생각합니다.

　28년째 산촌에서 살고 있는 이계진은 자연의 이치를 아는 사람이다. 그러니 인생 사계의 변화 속에서도 자신의 위치와 태도를 지혜롭게 안 듯하다. 말하자면 선지자가 눅눅한 장마철 날씨 자체에 시비를 걸기보다 어떻게 보낼지를 헤아리는 것처럼, 그는 박수도 웅성거림도 많던 시절부터 자신의 본성이 원하는 바를 찾아 스스로 주인 되는 삶을 선택한 것이다. 방송 아나운서와 국회의원이라는 매우 돋보인 인생일모작을 뒤로하고 소중한 인연들과 끽다끽반(喫茶喫飯)하는 이 자세는 탐욕을 부리며 불행해하는 이 시대에 좋은 방향의 통찰력을 주고 있다.

이계진 회장 블로그
https://blog.naver.com/kjl533/223444514916

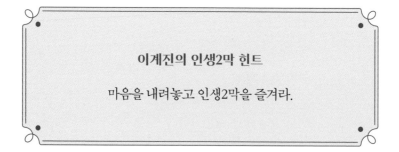

이계진의 인생2막 힌트

마음을 내려놓고 인생2막을 즐겨라.

시선
남의 이목을 신경 쓰지 말고
자신만의 일을 잡아라

토토팜 한성식 대표

사람들이 인생2막으로 전환할 때 헤매게 되는 가장 큰 이유는 역시 '일'에 연관되어 있다. 향후 20년을 투자할 자신만의 일자리 잡기는 정말로 어렵다. 이모작의 일은 일모작 때의 장기를 살려 수익을 확보하면서도 마음이 편해야 한다. 이번에 소문을 듣고 만난 이는 시설 재배농을 하는 분인데 대화를 할수록 이 조건에 맞는 분이었다. 광양에 있는 그의 재배 하우스에서 만났다.

여기는 어디인가요? 소개를 해주세요.

✳ 여기는 전남 광양시 진상면 이천마을입니다. 100여 농가가 호

박, 토마토를 시설 재배하여 사실상 진주호박의 주산지로 소문난 곳입니다. 저는 이 중 이십여 농가와 함께 토마토와 오이를 재배하고 있습니다. 저의 영농 규모는 총 1,500평인데 각각 350평 규모의 비닐하우스 4개 동에 양액재배 시설을 구축하여 재배하고 있습니다.

한성식(왼쪽) 대표가 부친, 아내, 아들과 함께 비닐하우스의 일중시설과 양액시설을 구축하던 중 사진을 찍었다. 부친 한석우(87세) 씨는 지금도 들판에서 경운기를 운전할 정도로 왕성하시다고 한다.

양액재배 방식의 스마트팜인 토토팜에서 자라고 있는 토마토

양액재배 시설은 식물의 생육에 필요한 다양한 필수원소를 그 비율에 따라 농도를 적절히 용해시켜 공급하는 기술 기반 재배시설을 말한다. 당연히 자연 토양에서 재배하는 방식과는 많이 다르다. 그가 안내하는 비닐하우스에는 자동급수 시설까지 잘되어 있는 가운

데 먹음직한 토마토들이 주렁주렁 달려 있었다.

언제 시작하셨나요? 수확량은 어떤가요?

＊ 2018년 55세 때 시작했으니 6년 정도 되었군요. 처음에는 비닐하우스 2개 동으로 시작했죠. 첫해는 매출액이 4,000만 원이었는데 2020년 2동을 더 증설하여 2024년에는 2억 8,000만 원 정도는 될 것 같습니다. 작년부터 포도 재배도 시작했습니다. 내년이면 매출액이 더 많이 늘겠죠(웃음).

시작한 지 거의 5년 만에 안정화되었군요. 적성이랄까, 성향에 잘 맞나 봐요?

＊ 저는 대학 졸업 후 광반도체회사에서 일을 했어요. 15년 정도 경력을 쌓고서 작은 광반도체회사로 옮겨 임원을 했죠. 그리고 2013년 50살에 드디어 JS전자라는 회사를 설립했습니다. 앞으로 50년은 전자회사를 천직으로 삼고 꿈을 펼치려 했죠. 그런데 이게 참 어렵더군요.

어떤 것이 그렇게 어려웠나요?

＊ 돌이켜보면 결론적으로 종합적 경영 역량이랄까, 오너로서 경영능력이 부족했던 거였어요. 영업력, 경기에 대처하는 능력, 문제 발생에 대한 대응력 등 오너 경영능력이란 건 기술자 출신인 제게

넘기 어려운 장벽이었어요. 저의 전문기술과 기업 임원을 하며 쌓은 경험도 사실 오너로서 제 회사를 경영하는 것과는 많이 다른 것이더군요. 요즘 말로 '넘사벽'이었죠. 힘들게 경영하던 중 최종적으로는 금융 문제를 막지 못했고 설립 5년 만에 문을 닫아야 했어요.

들어보니 그는 광반도체회사 창업 후 이른바 '죽음의 계곡'(death valley)에 빠져 버렸던 것 같다. 2018년 기준 우리나라 창업 5년째 기업의 생존율은 29.2%라고 한다. 기업은 좋은 기술로서 시작할 수 있지만 보유한 좋은 기술이 성공을 반드시 보장하진 않는다. 만약 기술이 좋다고 다 성공한다면, 공대 교수들의 창업은 모두 성공했을 것 아닌가. 창업 기업이 성공하기 위해서는 더 많은 성공 조건이 필요한 것. 그가 창업한 회사도 그랬다. 결국 그는 평생 모은 자산까지도 날렸고 인생의 열정은 소진되었다. 그의 나이 55세 때였다.

화려해야 할 나이에 오히려 반대가 되었었군요.
＊ 쓴맛을 톡톡히 봤죠. 빚도 안았고요. 모든 걸 내려놓아야 했어요. 50대 중반의 나이에 죽을 맛이었습니다.

그래서 어떻게 하셨나요?
＊ 마음이 어지러웠지만 지난 삶을 복기해 보았습니다. 저는 시골에서 부산대에 입학하고 또 광반도체회사에 다녔으니 부모님에

게 자부심이었습니다. 하지만 그래서인지 제게는 성공에 대한 집착이 과도했었던 것 같아요. 그 집착이 저를 난파시켰던 것이었어요. 고심 끝에 고향으로 돌아왔습니다. 비참했지만 저의 실패를 인정하고 아버지와 의논했습니다. 아버진 언제나 저의 최고 후원자이며 멘토였기 때문입니다. 그리고 초심으로 돌아가 귀농을 하기로 결단했습니다.

알아주는 첨단기술자가 농사라니요?

＊ 사실 농사는 태어날 때부터 부모님을 도우며 늘 하던 거였지요. 처음 결심이 어려워 그렇지 익숙한 거였어요. 난파된 저를 회생시키는 마지막 카드라고 생각했던 거죠.

그랬군요. 그래서 무엇부터 시작하셨나요?

＊ 맨 처음에는 논에 토양재배 방식의 비닐하우스 2개 동을 설치했죠. 완전히 새로 시작한다는 결심으로요. 다행스럽고 고맙게도 우리 아들도 많이 도와주더군요. 마침 아들은 2017년도에 국립 한국농수산대학교에 입학하여 전문 영농인이 되기 위해 수련하고 있었거든요.

귀농·귀촌에는 전혀 모르는 촌마을에 들어가는 유형도 있고, 태어난 곳으로 돌아가는 유형이 있다. 그의 귀농은 이른바 U자형이다. 모든 것이 익숙한 고향으로 돌아간 것. 이 방식은 시골 동네와 적응하는 곤란을 겪지 않아도 된다. 그는 제법 큰 복합농을 하고 계신 부친과 전문 영농인으로 수련 중인 아들로부터 적극적인 도움을 받았다. 처음에 결심하기가 어려웠지만 성공하는 게임 조건이 형성되었던 것.

  참 다행이었군요.

  ＊ 저의 인생을 다시 일으켜 세우는 일인지라, 고민하고, 일하고, 실험하고 또 이를 반복하며 절박하게 일했습니다. 다행스럽게 2년 후에는 2개 동을 더 늘려 눈에 띌 정도로 매출량을 늘릴 수 있었어요. 재배방식도 양액 방식으로 바꾼 게 적중했거든요. 마침 2020년 코로나 예방에 토마토가 좋다고 알려져 주문량도 폭증했습니다. 그토록 차갑던 행운의 여신으로부터 미소를 받는 느낌이었죠. 그해 2억 원, 2022년에는 2억 8,000만 원의 매출을 찍었죠. 냉혹한 도시 생활을 접고 고향에 오니, 10년 넘게 타향살이에서 힘들었던 마음도 편해지더군요.

  양액 시설농으로 바꾸었다고 하셨는데, 스마트 영농기술을 별도로 공부하신 건가요?

  ＊ 초심으로 돌아가 공부 많이 했습니다. 순천에 있는 전남농업 마이스터대학에 다니며 2년 동안 공부했죠. 하루 6시간씩 최고 전

문가들에게 토마토에 맞는 양수분, 물, 햇빛 등을 관리하는 모든 실전을 학습했습니다. 그리고 친구의 하우스에서 1년 동안 노동력을 제공하며 표출되지 않

한성식 대표의 2022년 제7기 전남농업마이스터대학 졸업기념 사진

은 잠재지식을 습득했습니다. 광양농업기술센터도 매우 고마웠습니다. 매주 1회의 기술 프로그램도 탁월했고 좋은 조건의 귀농 자금도 대출받을 수 있었거든요.

그런데 여기 비닐하우스는 다른 곳과는 좀 다르군요.

＊ 네, 하우스 높이가 낮고 좀 더 밝은 것 같지요? 일반 하우스와 다른 점입니다. 일반적으로 비닐하우스는 비닐을 이중으로 씌웁니다. 한 개의 비닐을 씌운 뒤 공간을 좀 두고서 또 하나의 비닐을 더 씌우지요. 하지만 저는 그 방식은 광양 지역에선 맞지 않다고 생각했어요. 광양은 지명 광양(光陽)이 시사하듯이 예로부터 햇빛이 맑고 따뜻한 고장이죠. 그렇기에 겨울 추위를 막는 데 초점을 둔 이중 비닐 방식보다는 햇빛 투과율이 좋은 일중 비닐 방식의 이점이 많다고 판단했어요. 주위 사람들이 반대하셨지만 저는 저의 생각대로 했고, 그 결과 실제 생산량을 늘릴 수 있었어요.

실험과 실행을 반복하며 생산량을 늘렸군요.

＊ 얼마 전 포도 재배도 시작했습니다. 난방비와 인건비 부담을 덜 수 있는 작물입니다. 또한 하우스 내에 LED를 설치할 예정입니다. 비록 제가 벤처창업에는 실패했었지만, 젊은 시절 알아주는 LED기술 개발자였어요. 이제 그때의 기술력을 토마토 재배시설에 적용한다면 또 한 번 더 생산량의 혁신을 이룰 것으로 확신합니다.

이젠 그동안의 어려움도 말할 수 있겠군요?

＊ (하하) 사업에 실패하고 시작하다 보니 애초 자금조달이 어려웠습니다. 그러니 새로운 일을 찾을 때 두려움이 저를 둘러싸더군요. 움직일 수 없는 지경이었습니다. 사실 지금도 개인회생 중입니다. 또한 어머니께서 공부 잘했던 아들이 출세한 줄 알았는데 시골 와서 '하우스쟁이' 한다며 못마땅해하셨습니다. 저와 같이 태어난 고향으로 귀농하는 경우 맨 처음에는 동네 사람들 이목이 신경 쓰이기도 합니다. 마치 실패하고 낙향한 기분이 들 뿐 아니라, 고향 사람들도 그렇게 낮추어보기도 하거든요. 어머니께서는 그게 애처로우면서도 못마땅하셨던 거죠. 그리고 비닐하우스 시설재배가 과연 성공할 것인지 불안했던 세월을 어찌 다 말하겠습니까? 이 모든 것이 다 제가 짊어지는 부채였습니다. 날마다 이 들판을 쳐다보고 신념을 일으키며 극복해 왔습니다.

그래도 그렇게 자기 극복을 한 덕분에 이렇게 다시 성공적으로 재기하고 계시군요. 인생이모작 전환기 사람들에게 한 말씀 해주세요.

＊ 전환기의 사람들은 우선 자신만의 일을 확정하는 것이 우선입니다. 은퇴자들은 고민이 많을 것입니다. 저는 장기전으로 생각하고 추진하실 것을 권합니다. 준비는 각자마다 다르긴 하겠지만 빨리 시작할수록 좋습니다. 빨리 시작하란 말이 조급히 하라는 뜻은 아닙니다. 생의 주기상에서 일찍 시작하되, 야무지게 준비해야 합니다. 이렇게 빠를수록 실수에 말려들 가능성이 적어지죠. 그리고 남의 이목이란 것 하나도 신경 쓰지 마세요. 저도 공부 잘했고 좋은 회사 다니다가 실패해서 돌아올 때, '남들이 나를 어떻게 볼까'하는 생각에 힘들었던 적 있습니다. 그런데 지나고 보니, 그런 것 하나도 중요하지 않더군요. 자신의 꿈과 인생 좌표를 중심에 두고 판단하세요. 몇 년만을 '땜빵'하는 일을 잡으면 나중엔 지쳐버립니다. 이모작의 승부는 자신에게 맞는 일을 조금이라도 더 일찍 시작하는 포착력에 달려 있습니다.

우리가 한성식 대표에게서 받을 수 있는 교훈은 무엇일까? 그는 실패를 인정하고 본인에게 최적합한 일을 다시 찾아내는 데 성공했다. 자기계발 분야의 세계적인 멘토 나폴레온 힐(N. Hill)은 '실패와 역경은 다른 방향에서 새롭게 시작하는 기회'라 했다. 축복의 다른 모습이라는 것. 하지만 많은 실패자는 상황을 받아들이지 못한다. 오히려 그 속에 갇혀 버린다. 그러나 한성식은 현재를 수용하면서도 포기하지 않았다. 다시 자신의 길을 찾았다. 마음속의 두려움, 남의 이목, 지나칠 만큼의 성공 집착과도 단절했다. 그 대신 다시 시작하는 힘으로 사랑하는 사람들과의 삶의 연속성을 키웠다. 광양은 따뜻하다.

한성식의 인생2막 힌트

자신에게 맞는 100세 시대 인생 설계를 하고서
최선을 다하여 나아가라.

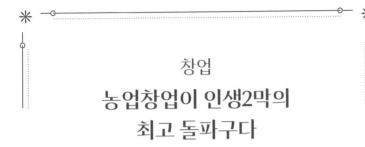

창업
농업창업이 인생2막의
최고 돌파구다

김해베리팜 신현식 대표

인구문제가 심각하다. 저출산의 영향이 곳곳에 나타나고 있다. 학생이 사라져 유치원장이나 학원장 그리고 교사나 태권도장 사범 님들까지 걱정이 태산이다. 방향 전환을 하고 싶지만 망연하다. 이번에는 농업 쪽으로 창업하여 멋있게 슈팅하신 분이 있어 만났다. 초중등 아이들을 가르치던 학원장 출신이다. 학생들을 대상으로 한 교습학원이 참 잘 나가던 시절이었다. 그 좋던 시절을 뒤로하고 방향을 전환했단다. 김해 생림의 농장을 방문하여 그의 성공 요인을 알아보았다.

여기가 어딘지 소개해 주시겠어요?

＊ 여기는 김해 생림면입니다. 저는 블루베리 사업을 하는 '김해 베리팜' 신현식 대표입니다. 2012년에 시작했으니 2024년을 기준으로 12년 차 이모작 농장주입니다. 현재 52세이니 인생 전환을 일찍 시작한 편이죠.

신현식 김해베리팜 대표와 아내 안성희 베리랜드 대표가 블루베리 농장에서 작업하던 중 기념사진을 찍으며 웃고 있다.

비닐하우스가 여러 동인데 어느 정도 규모인가요?

＊ 딸 2명이 함께 하여 가족 4명이 각자 개인사업체를 경영하는 형태입니다. 합하면 전체 9,000평 규모입니다.

김해 생림면은 무척산과 작약산을 남서쪽에 둔 기름진 평야다. 방문한 날 둘러보니 동북쪽에는 낙동강이 있으며 강 건너에는 삼랑진읍이 있어 한눈에 보아도 평화로웠다. 젊은 에너지가 많이 느껴진 신 대표는 대화를 해보니 MBTI 성격유형에서 T(사고형) 즉 치밀하게 계획하는 타입이었다.

요즘 블루베리가 건강식품으로 인기가 참 많더군요?

✻ 블루베리는 미국 타임지에서 세계 10대 슈퍼푸드로 선정된 건강 과일이죠. 안토시아닌이 풍부하고 항산화 능력이 우수하다고 알려져 있죠. 활성산소를 제거해 각종 질병과 노화를 예방해 주는 과일입니다. 김해만 해도 아마 200개 넘는 재배 농가가 있는 것으로 추정됩니다. 저는 규모 면에서 생각할 때 김해지역에서 5위권은 되지 않을까 싶습니다.

사업은 언제부터 어떻게 시작하셨나요?

✻ 젊은 시절 김해 신도시에서 학원 사업을 했습니다. 초중등 단과학원을 했는데 15년 정도 하면서 돈을 좀 벌었어요. 애들이 몰려올 때는 강의실이 넘쳐 복도에 세우고 가르치기도 했죠. 학부모들이 그렇게 해서라도 좋으니 학원에만 다니게 해달라고 할 정도였습니다. 그만큼 학원에 비해 아이들이 많았죠. 돈을 많이 벌었습니다. 그런데 중년을 넘어서면서 고민이 생기더군요.

중년을 넘어서면서 생긴 고민이라면 어떤 건가요?

✽ 하나는 아이들의 감소입니다. 언젠가부터 지역 내 학교의 학급 수가 계속 감소하더군요. 그것을 보면서 서서히 겁이 나기 시작했어요. 10년 후 학원 사업의 전망이 어떨지를 장담할 수 없더군요. 또한 살아남더라도 제가 50을 넘어 60이 되면 강의를 계속할 수 있을지도 불안했어요. 기질적으로 항상 치밀히 계획을 짜는 제게는 60세 이후에도 남 눈치 안 보고 할 수 있는 경제활동이 무엇인지 고민스러웠어요.

그래서 어떻게 하셨나요?

✽ 우연히 이곳에서 블루베리 농장을 하는 지인을 알게 되었어요. 마침 제가 살고 있는 곳에서 머지않았기에 기웃거렸어요. 슬슬 체험도 해 보았고요. 그랬더니 농사에 관한 다양한 정보도 얻고 품목의 특성도 알 수 있게 되더군요. 제가 대학원에서 전기공학 석사 출신이기에 자동화 가능성도 확인했죠. 그러다가 2012년부터 학원과 농장을 투잡 형식으로 시작했습니다.

인생의 기회는 대개 사람을 통해서 온다. 그런데 재미있는 것은 그 기회가 친한 사람보다는 지인을 통해 오는 경우가 많다. 미국 사회학자 마크 그라노베터(M. Granovetter)의 이른바 '약한고리의 강한 힘'(The strength of weak ties) 이론이다. 그는 취업에 성공한 수백 명의 취업 경로를 조사해 보니, 친밀한 사람보다는 가끔 만나는 지인의 영향으로 취업하게 된 경우가 훨씬 많았다고 한다. 필자가 경험한 바로도 다시 일자리를 찾고자 하는 인생이모작기의 사람들에게는 지인 경영법은 중요하다. 신 대표도 그렇게 새로운 출발을 했다.

그럼 어떻게 전업했나요?

＊ 애초엔 십 년 이상을 투잡으로 지내려 했습니다. 그런데 하다 보니 확신감을 가질 수 있었고 그래서 규모를 조금씩 키우며 여기에만 몰빵하자고 결심하게 되더군요. 당초 계획보단 10년을 앞당겨버렸습니다.

가능성을 더 일찍 확인하셨다는 말씀이군요. 은퇴하는 사람들이 귀농을 계획할 때 무엇부터 먼저 고려해야 하나요?

＊ 어떤 작물을 재배할 것인지를 치밀하게 구상해야 합니다. 향후 수요 트렌드와 시장성을 분석해야 하고 이미 진입해 있는 농가들도 살펴야 하죠. 한번 선택한 작물을 몇 년 후 교체하면 엄청난 출혈을 감수해야 하거든요. 또한 작물을 수확하지 않는 시기에 수익과 지출 구조를 어떻게 할 것인지에 대한 계획이 치밀해야 합니다.

비수확철의 수입구조가 중요하단 말씀이죠?

＊ 네, 작물 선정이 일차 관문이라면 비수확철의 수입구조는 2차

관문입니다. 저는 비수확철의 수입을 사업다각화 방법으로 대응하고 있습니다. 블루베리를 중심으로 열매를 생산하는 게 본 사업이죠. 그러나 그 외에도 블루베리 전용 비료를 만들어 판매하기도 하고, 귀농자들의 하우스 시설에 사용되는 자재도 판매하고 있습니다. 또한 아내는 블루베리 체험 교육장도 운영합니다. 1년에 1,000명 정도의 아이들이 옵니다. 학원을 경영하던 우리에겐 친숙한 상황이죠.

신대표 부부가 농장에서 블루베리의 양육상태를 점검하며 대화를 하고 있다. 이곳은 블루베리 전용비료 생산, 체험교육장 운영, 그리고 김해블루베리연구회 운영 등 사업이 다각화된 것이 특징이다.

하우스 재배농을 하시면서도 유관 사업으로 다각화하셨다는 거군요. 그런데 온 가족이 함께하시는가 봐요?

＊ 저희 농장의 특징입니다. 코로나19 시기에 대학을 다녔던 큰딸은 그래서 그런지 직장보다는 이곳에서 일하고 싶어 하더군요. 현재 5,000평을 경영하고 있습니다. 둘째 딸은 농업에 관심이 많아 아예 한국농수산대학교를 나와 이곳에 창업을 했습니다. 2,200평을 경영하고 있죠. 두 딸이 부모 농장에서 같이 일하며 미래를 꿈꾸

고 있죠. 저는 이것으로 이미 많은 성공을 이룬 것과 같습니다.

귀농에 있어 가족의 동의는 중요하다. 우선 배우자가 시골살이와 농사에 대해 얼마나 적극적으로 임해주느냐가 첫째 관문이다. 이 부분이 애매하면 두고두고 힘들어진다. 그런데 신 대표의 경우 동의를 넘어 자녀들이 창업을 통해 참여해 있다니 대단했다. 참 소담스럽다는 생각이 들었다.

귀농에 성공하신 분들은 각자 '한칼'을 가지고 있더군요. 대표님의 한칼은 무엇인가요?

＊ 저는 3년 동안 투잡 시기를 거치며 시작했고 전업으로 할 때도 교육을 참 많이 들었습니다. 경남도, 경남농업기술원에서 하는 교육을 대략 800시간 이상 들었죠. 특히 김해시 농업기술센터에서 교육받은 100시간짜리 블루베리 교육은 보물 같은 경험이었어요. 또한 김해블루베리연구회를 조직해 운영하거나 여러 농업인 단체활동을 많이 한 것도 잘한 활동이었어요. 김해시품목농업인연구협의회, 김해시공공급식생산자협의회 등의 간부를 했는데, 이를 통해 공무원들과 친해질 수 있더군요. 요즘 공무원은 특정인에게 특혜를 주진 않지만, 영농의 고민이나 어려움을 호소하면 길을 알려주거나 방법을 알려주죠.

그래도 경험 없던 일을 단박에 성공하다니 놀랍군요.

✻ 정부 지원도 100% 활용했죠. 한국 정부는 귀농자 지원에 적극적입니다. 예를 들어 농업 분야 진흥책으로 이차보전제도라는 것이 있습니다. 농업 창업인이 금리 혜택을 받을 수 있게 해주죠. 또 정부지원 보조사업도 있습니다. 농어업인이 30%나 50%를 매칭하거나 심지어 100% 전액을 정부로부터 지원받는 것입니다. 장기 사업계획을 잘 세우면 정부 지원이 좋아 도시에서 하는 사업이나 자영업보다 훨씬 좋습니다.

마지막으로 인생이모작을 준비하는 분들에게 한 말씀 해주세요.

✻ 저는 김해 도심에서 출퇴근하며 농장을 경영하고 있습니다. 농업이 창작농으로 변화되고 있습니다. 공부를 많이 하셔야 합니다. 자금 계획을 철저히 세우셔야 하고요. 할 수 있다면 2~3년을 버틸 비상금은 챙겨두시고 시작하시면 좋지요. 예기치 않은 가격 폭락이 있을 수 있기 때문입니다. 그리고 선배나 지원센터에서 가끔 자기의 상황을 점검받는 시스템을 만들어 두셔야 합니다.

신현식 대표의 귀농은 상당히 표상적이다. 다른 귀농자들보다 든든한 지지자를 갖고 있기 때문. 내적으로 가족, 외적으로 공무원이다. 그리고 도대체 800시간 이상 교육을 받아내는 열정은 어디서 나오는 것일까? 그는 천성적으로 일, 자금, 시기를 치밀히 계획하며 실천한다. 그러니 실농하지 않고 계속 성장했다. 그리하여 그는 마침내 철버덩거리며 강을 거슬러 오르는 연어처럼 활기차다. 웅장하다. 그 생명력은 벌써 저 먼 곳까지 도달할 기세다.

신현식의 인생2막 힌트

공부하라. 자금 계획을 세워라. 비상금을 챙겨두라.
만반의 준비를 하고 뛰어들어라.

김해시 귀농 지원 정책
Tip

Q. 귀농에 있어서 김해지역의 장점은 무엇인가요?

A. 김해 지역은 김해 도심지뿐 아니라 부산 창원과 같은 대도시를 끼고 있기에 벽지에 소외된 느낌이 없습니다. 그리고 작물을 판매할 때 유통망을 아주 쉽게 확보할 수 있죠.

김종철 김해시 농업정책과장

Q. 김해시의 귀농 정책을 소개해 주세요.

A. 귀농자의 농업창업을 위해 저금리의 창업지원금과 주택자금을 지원하고 있습니다. 청년들에게는 더 강력한데요. 매월 100만 원의 영농자금을 지원하고요. 또 청년을 고용한 농업경영체에도 월 보수의 50%를 지원합니다. 농지를 임대했을 경우 많게는 비용의 80%까지도 지원합니다. (2024년 기준) 귀농 창업교육도 무료인데 인기가 좋습니다. 김해농업기술센터 농촌인력복지팀(055-350-4054)에 연락하시면 귀농에 대해 성심을 다해 상담해 드리겠습니다.

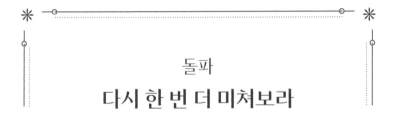

돌파
다시 한 번 더 미쳐보라

바다백미 이창미 대표

은퇴하고서 농촌으로 가듯이 어촌으로 돌아가는 이도 있다. 이른바 귀어귀촌(歸漁歸村). 어촌은 농촌만큼 조용하기도 하지만 관광이나 신산업을 일으키는 덴 농촌 이상이다. 수산해양 쪽은 개발가능성이 정말 무궁무진하기 때문. 하지만 역시 보통 사람들에겐 어렵다. 귀농보다 더 어려울 수 있다. 그런데 여성의 몸으로 대박 행진을 하는 이가 있다기에 만나보고 싶었다. 마침 부산에 행사가 있어서 고향에 온 그녀를 부산역에서 만났다.

이창미 대표가 부산항 국제전시컨벤션센터에서 개최된 '2023 세계어촌대회'에 참가하여, 그녀의 어촌사업의 성취에 대해 발표하고 있다.

어떤 행사에 오신 건가요? 자신을 소개 좀 해주시겠어요?

＊ '2023 세계어촌대회'입니다. 전 세계 17개국의 장·차관급 대표단 전문가들이 참여하여 어촌의 현재와 미래를 논의한다고 합니다. 3일 동안 진행되는 행사에 저는 발표자 자격으로 왔습니다. 저는 현재 '바다백미'라는 예비사회적기업의 대표입니다. 2023년 3월 31일 수산인의 날에는 '창미수산' 대표로 대통령 표창도 받았습니다. 하지만 많은 사람들은 저를 백미리 어촌체험휴양마을 사무장으로 알고 계십니다.

백미리 어촌체험휴양마을은 어디 있나요?

＊ 백미리는 경기도 화성지역에 소재한 인구 320명 되는 마을입니다. 백미리 어촌체험휴양마을은 드넓은 갯벌과 함께 도시인들에게 망둥이 낚시나 갯벌 마차 등 다양한 어촌 체험을 할 수 있도록 조성한 곳입니다.

이번에 만난 이는 특별하다. 시작은 지극히 평범했다. 하지만 에너지가 뿡뿡인데, 백미리를 해양수산부에서 운영하는 어촌체험휴양마을 정책의 대표 마을로 만든 장본인이다. 한적하기 짝이 없던 백미리를 연간 20만 명의 외래인들이 방문하고 중국 등 해외에서도 찾아오는 핫 플레이스로 만든 것. 지금까지 받은 상만 해도 대통령 표창, 해양수산부 장관 표창 등 예닐곱 개나 된다.

부산이 고향이라던데 경기도 화성까지 가셨군요. 어떤 계기로 가셨나요?

✳ 저는 부산진구 부전동에서 태어나 경남 거제 가조도라는 섬으로 시집갔던 평범한 사람이었습니다. 가조도에서 활동하던 중 2012년에 백미리로 스카우트되어 갔습니다.

스카우트요? 자세하게 말씀해 주세요.

✳ 거제 가조도는 거제 삼성중공업 앞에 있는 유인도입니다. 1987년 25세 때 한 남자를 만나 그곳에 시집을 갔죠. 처음엔 췌장암에 걸린 시부모님을 봉양하며 도시 사람도 섬사람도 아닌 채 지냈습니다. 피조개 종패나 자망 통발을 하며 20년 넘는 세월을 아무도 거들떠보지 않는 여인으로 지냈어요.

그러셨군요. 그러나 어떤 변화의 계기가 있었겠죠?

✳ 환경에 철저히 지배받는 삶 속에서 시름이 깊었는데, 2008년

어느 날 거제시로부터 제가 살던 계도마을을 어촌체험마을로 만들도록 요구받았습니다. 45세 때였죠. 그리고 마을 사무장이 되었습니다. 그런데 운영비도 뭐도 없었어요. 심지어 마을위원장님이 농협에서 대출받은 1,000만 원으로 개소식을 준비할 정도였어요. 사업에 확신도 없었죠. 그런데 생각해 보니 1,000만 원 꾼 돈이 문제더군요. 고민하다가 사업을 일으켜 돈을 갚자고 결심했어요. 그래서 해상콘도와 낚시터 시설을 더 손보았습니다. 그런데 이게 씨앗이 되더군요.

씨앗요?

＊ 그해 4월 22일 진주에서 한 가족이 오셨어요. 그들로부터 자문을 받아 서비스를 혁신했죠. 그랬더니 그분들이 네 가족을 모셔왔는데 또 나름 최선을 다했더니 그다음에 여덟 가족이 오시더군요. 복리의 법칙 아시죠? 이렇게 확산 반복되더니 계도마을이 낚시인들로 붐비는 섬이 되더군요. 놀라웠어요. 3개월 만에 빚을 갚아버렸어요.

투자에 있어서 복리는 원금과 그 원금에서 발생한 이자를 합하여 지속적으로 재투자와 재투자를 반복한다면 시간이 지날수록 엄청난 수익이 발생하는 구조를 말한다. 아인슈타인(A. Einstein)은 복리의 법칙을 '인류가 발견한 가장 위대한 수학적 발견이며 세계 8대

불가사의'라고 한 바 있다. 복리의 마법으로 거부가 된, 세기적 투자가 워렌 버핏(W. E. Buffett)도 '복리는 언덕에서 굴리는 눈덩이와 같다'고 한 적이 있다. 이창미 사무장은 이 이치를 실제 경험하곤 눈이 확 뜨였다고 한다.

가만히 있는데 복리의 법칙이 일어났던 건 아니죠?

✳ 당연하죠. 방문 고객들에게 귀찮을 정도로 자문을 구했습니다. 고객 관점에서 섬을 변화시켰고요. 그리고 고객 개인카드도 만들어 개별화된 요구에 철저히 부응했어요. 또 저를 혁신하기 위해 경상국립대학교 최고경영자과정에 등록해 공부도 했어요. 그리고 그때가 마침 우리나라에 인터넷이 확산되기 시작하던 때였어요. 저는 잘 됐다 싶어 인터넷을 활용하여 대외 홍보를 많이 했어요. 또 마침 거가대교도 개통되었어요. 계도마을이 제대로 떠 버렸어요.

그러다가 정말 스카우트 되신 거군요. 그런데 현재는 경기도의 백미리마을까지 가서서 활동하고 계시군요. 거기엔 어떻게 가셨어요?

✳ 계도마을을 혁신시킨 열정을 백미리마을에 쏟아달라는 요청을 받았죠. 저의 나이 49세 때였죠. 활동무대를 바꿔서 도전해 보고 싶더군요. 2012년 4월 이사를 했습니다. 당시 백미리는 120여 명의 어촌계원이 있는 평균 연령대가 75세인 전형적인 반어반농 지역이었어요.

이창미(오른쪽 앉은 이) 바다백미 대표가 백미리 어촌마을에 단체 체험학습을 온 아이들에게 갯벌에 서식하는 어패류의 생태를 설명하고 있다.

경기도 어촌마을에서 적응하는 데는 문제없었나요?

＊ 문제없었어요. 새벽부터 밤까지 사심 없이, 놀랄 만큼 열심히 하니 외지인 사무장이 어떻다는 이야기가 떠돌 수가 없었어요. 텃세요? 그건 깊이 있게 노력하지 않는 사람들이 하는 이야기죠. 저는 원칙을 정했습니다. 내가 제일 열심히 한다. 마을의 소득을 늘린다. 공정하게 나눈다. 이 원칙을 정하여 일하니 문제가 일어날 틈이 없었어요.

그럼 그러한 원칙을 정하여 어떤 성과를 보였나요?

＊ 결과적으로 생선 비린내 나던 조용한 마을을 연간 체험여행객이 20만 명이나 되는 마을로 변화시켰죠. 하루에 1,000명이 몰려오시는데 물 때 때문에 조절하여 연간 13만 명 선으로 유지할 정도입니다. 그러니 안내하고 음식 제공하는 일자리도 꽤 늘었죠. 14명의 젊은 귀어인을 유치했고 이제 관광 등 마을 공동수입이 26억 원에 이릅니다. 영어조합법인 수익 25억 원, 어업생산 분야 30억 원 매출은 별도입니다.

이 정도라면 정말 영화에서나 볼 법하다. 2013년에는 영어조합법인을 설립했고 2015년에는 해양수산부와 한국어촌어항협회가 만든 제1회 '행복한 어촌' 1등급 지정을 받았고, 대한민국 해양관광 대상을 받았다. 해양수산 신지식인 선정, 경기도지사 표창, 전국 어촌체험마을 전진대회에서 최우수상을 받았던 2016년에는 수산물 가공공장을 준공했다. 2018년에는 '바다가 꿈' 최우수상을 받았고, 어촌뉴딜 300사업에 선정되는 쾌거를 이루었다. 2019년에는 해양수산부가 전국 지자체 및 어촌계 지도자 200명을 백미리 마을에 견학하도록 만들었다.

놀랍군요. 2024년을 기준으로 백미리 지도자 생활 12년째인데 철저한 자기관리를 하실 것 같아요.

＊ 모든 게 마을 어르신들께서 호응해 주신 덕분인데 특히 김호연 어촌계장님도 훌륭하십니다. 2016년 어르신들 자서전 만들기 사업을 했는데 어르신들 못 배운 한 때문에 출판기념회가 울음바다가 된 적이 있어요. 서로가 마음의 문을 더 활짝 열게 된 계기가 되었지요. 공감의 중요성. 사람 중심으로 생각해야 함을 더 느꼈어요. 그 뒤 어르신들 자존감 고양을 위해 문화센터 공동 샤워실, 편의점을 만들고 또 바리스타 교육을 통해 문화생활을 할 수 있도록 했습니다. 우리가 먼저 명품이 되게 한 후 발전을 위한 동기를 부여했습니다.

스스로 먼저 명품 생활을 하다 보면 더 발전할 수 있는 동기부여가 일어나는군요.

＊ 네, 더 나은 삶을 맛보아야 더 나아갈 의욕이 생기는 거죠. 그리고 철저히 현장 중심이었습니다. 문제를 발견하면 공부를 했고 외부 도움이 필요하면 연결했습니다. 문제해결을 위해 자매결연을 한 곳 만해도 삼성생명, 건강보험공단 등 200여 곳입니다. 앞으로는 어·농촌과 도시의 공감 결연을 강화하는 일을 할 것입니다.

이창미. 올해 60세를 넘긴 그녀는 일을 앞두고 있으면 밥도 먹지 않는다. 가슴이 설레기 때문이란다. 그 바쁜 와중에 한경국립대 대학원 과정도 밟고 있다. 누군가 그녀에게 미친 여자라 하면 대꾸했다. "그래, 너는 미쳐라도 보았어?" 그 대신 그녀는 사람의 마음을 잡고 발걸음 맞추는 데 늘 진심이다. 공감 우선이다. 어쩌다 발을 담근 지 15년 만에 한국 어촌마을의 중심 셀럽이 된 것은 이 나라에 주어진 선물과도 같은 일. 운명은 그녀에게 깃들어 있다.

이창미의 인생2막 힌트

먼저 사람을 우선시하라. 그들의 마음속에
공감을 일으켜라.

어촌체험휴양마을이란

◇ 해양수산부가 도시인들이 어촌에서 다양한 체험을 하면
서 휴가를 즐길 수 있도록 시설을 조성한 마을이다. 해당
어촌의 입장에서는 마을 수익을 일으키는 데 도움이 된
다. 전국에는 총 120여 개 마을이 있으며, 마을마다 체험
학습, 해양레저, 트레킹, 워케이션 등의 프로그램을 운영
하고 있다.

◇ 부산에는 기장의 공수마을, 강서구의 대항마을, 영도구
의 동삼마을이 지정받았다. 경남에는 스무 개가 넘는데
거제면 산달도마을, 남해 설천면의 문항마을, 남해 고현
면의 이어마을이 우수 어촌마을로 지정받았다.

조화

자신만의 정체성을 찾아
브랜드 가치를 높여라

제주이글루 정재명 대표

대자연과 함께하는 전원생활. 이것은 은퇴자들의 로망이다. 더구나 '한 달 살기'의 열풍이 이는 제주도에서의 인생2막 전원생활은 정말 힙한 로망이다. 이번에는 많은 사람들이 동경만 하고 마는 제주도에서의 인생 후반전을 아주 유쾌하게 즐기는 이가 있어 만났다. 펜션업과 함께 통합 브랜딩 코칭 전문가로 활동하고 있단다. 그는 어떻게 하였기에 이렇게 성공적으로 안착했을까?

안녕하세요? 펜션이 독특하군요. 소개를 좀 해주세요.

＊ 여기는 제주시 구좌읍 동복리에 위치한 제주이글루펜션입니

다. 펜션의 숙소는 각기 독채로 된 건물이 돔 형태로 지어져 있을 뿐만 아니라 천장이 개폐식으로 되어 있어, 침대에 누워 하늘을 볼 수 있는 이색적인 곳으로 알려져 있습니다.

정재명 대표 부부가 천장이 열리는 우주선숙소 제주이글루가 있는 펜션 정원에서 포즈를 취하고 있다. 정원은 정 대표의 아내 김연자 씨가 구상했다고 한다.

  자신을 소개해 주시겠어요.

  ＊ 저는 제주이글루펜션 대표 정재명(65)입니다. '월담시인 정재명'이라고도 불립니다. 서울에서 광고 카피라이터로 평생을 지냈고, 2013년 제주도에 와서 조그마한 펜션을 건축하여 운영하고 있습니다. 현재 브랜딩 코칭 전문가로도 활동하는 한편, 제주 곳곳을 여행하며 시를 쓰고, 사진을 찍고, 영상을 제작하여 유튜브 방송으로 전 세계 여행자들과 공유하며 소통하고 있습니다.

정재명 대표는 젊은 시절 LG애드를 거쳐 제일기획에서 수석 국
장으로 퇴직하기까지 20년 넘게 대한민국의 손꼽히는 프로 광고인
이었다. 그러던 그는 제주 출신이 아님에도 서울살이를 과감히 정리
하고 제주에 와서 정착했단다. 제주 온 지 10년이 막 넘은 지금은 시
쓰고 노래하는 시인으로, 브랜딩코칭 전문가로도 활동하고 있다.

많은 도시인들이 도시를 떠나 시골에서 노후를 보내고 싶어 하지
만 막상 실천하기는 어려운데 각오를 단단히 하셨나 봐요?

＊ 진주가 고향인 저는 서울에서 대학을 마친 후 자본주의의 꽃
이라고 불리는 광고회사에 입사했죠. 일류 광고회사에서 20여 년
간 수백 편의 광고 카피를 제작했어요. 삼성, Daum, 나이키 등의
광고를 찍으며 보람이 많았어요. 그런데 나이가 들수록 생각이 달
라지더군요.

생각이 어떻게 달라졌나요?

＊ 제가 제작한 광고도 일찍부터 휴머니즘을 강조해 왔지만 그럼
에도 광고를 해서 때론 과소비를 일으키고 그로 인해 파괴되는 환
경에 대한 문제의식이 일어나곤 했어요. 그리고 나이가 들면서 점
점 삶의 정신적 가치를 소중하게 생각하는 마음이 들더군요. 그래
서 결국 인생 후반전에는 대자연에서 시적인 삶을 살아야겠다고 결
심을 굳혔습니다. 마침 꽃과 나무, 동물을 사랑하는 아내를 위해서

라도 과감하게 추진했어요.

　그런데 제주도가 고향이 아닌데 어떻게 오시게 되었나요?

　＊ 어디가 좋을지 고민을 좀 했습니다. 그래서 회사를 퇴직 할 때쯤 지리산, 섬진강, 하동, 진주 등 고향 인근을 다니며 많이 살펴보기도 했어요. 그러다가 이곳을 택했죠. 비행기로 한 시간이면 서울을 손쉽게 오갈 수 있고 항상 맑은 공기와 함께 느림의 행복을 누릴 수 있는 곳이거든요.

　＊ 이곳에서의 활동을 보니 자연과 함께 그냥 유유자적하기 위해 오신 것 같지는 않군요. 이곳을 기반으로 계속 현역처럼 활동하시나 봐요?

　＊ 그렇긴 해요(하하). 저는 아름다운 자연환경에서 시상이 떠오를 때마다 시를 쓰고, 사진과 영상을 찍어 '제주이글루' 블로그에 올리죠. 또한 '정카피TV'를 통해 유튜브 방송도 하고 있죠. 소상공인 자영업자 1인 기업가 예술가들의 브랜딩 작업을 코칭하는 일도 하다 보니 시간 가는 줄 모르겠습니다.

　그러면 제주도에서의 인생이모작은 활동을 축소하는 셈이 아니고 활동 방식이랄까 플랫폼을 바꾼 것인가요?

　＊ 그렇다고 할 수 있죠. 은퇴 후 시골로 가는 어떤 사람들은 활동

반경을 축소하고 반쯤은 은둔하는 경우도 있는데 저는 아니에요. 복잡한 서울 생활과 물질만능주의 삶을 떠났을 뿐이며 이곳에서 소박하고 간소한 삶의 자유를 누리고 있지요. 그리고 이곳을 플랫폼 삼아 전 세계에서 찾아오는 여행자들과 문화를 함께 나누고 있습니다.

펜션을 경영하시는 이야기 좀 듣고 싶습니다. 처음 하는 일이라 어려움도 있었겠네요.

＊ 제주도에의 정착을 결심하고 난 뒤, 펜션 사업을 기획하면서 일단 차별화가 필요했습니다. 그래서 천장이 열리는 제주 유일의 우주선 숙소를 지었죠. 그런데 아차! 법 제도상 펜션 허가가 안 나더군요. 순전히 행정적인 문제였습니다. 지자체별 허가 기준이 다르더군요. 낭패에 부딪혔는데 결국 농어촌민박으로 허가받을 수 있게 정리됐습니다. 그리고 제 나름대로 온갖 상상력을 동원해 제주도에 하나뿐인 독특한 우주선 숙소를 지었죠. 그런데 처음엔 한동안 손님이 안 와서 고민이었어요. 시름이 깊었어요.

그래서 어떻게 하셨어요?

＊ 인생은 문제 해결의 연속이기에 크게 고민하지는 않았습니다. 그러나 저에게는 좀 더 전략적인 접근이 필요했어요. 그래서 이왕 시작한 거 제주이글루를 제대로 브랜딩 해보자고 마음을 먹었어요. 그래서 심벌로 하얀 북극곰 조각을 정원에 세웠어요. 그래서 저기

저렇게 보시듯이 이글루와 북극곰이 어우러져 있는 것입니다. 그리고 소셜미디어를 백 퍼센트 활용했습니다.

제일기획 수석 국장으로 재직할 때 칸느국제광고제에 참관한 정재명(왼쪽) 대표와 동료

광고인 출신의 역량을 쏟아부었군요.

＊ 네, 유튜브, 페이스북, 블로그, 인스타, 틱톡, 밴드, 카카오스토리 등에 영어, 중국어, 일어 버전으로 공격적 마케팅을 펼쳤죠. 아니나 다를까, 시간이 쌓이니 JIBS제주방송과 책에 소개되고, 에어비앤비에는 2년 연속으로 슈퍼호스트로 선정되었고, 호텔스닷컴에는 베스트 7 키즈 펜션으로 선정되었어요. 그리고 2024년에는 월드베스트호텔 어워즈에 노미네이트되기도 했어요. 이제는 전 세계인들이 찾는 숙소가 되었고 단골도 많이 확보한 셈입니다.

살다 보면 누구나 난관에 부딪히기 마련이다. 그는 그 난관을 걸림돌로 보느냐 디딤돌로 보느냐에 따라 다른 해결책이 있다고 생각했고 전략은 적중했다. 그는 지난 시절 수많은 광고주를 관리하며 브랜드 수백 편의 광고를 제작한 전문가가 아니었던가. 누구나 젊은 시절 불철주야 가꾸었던 자신의 자원을 이렇게 활용할 수 있다면 이것만으로도 인생이모작 사업은 성공이다.

젊은 시절, 알아주는 광고인이었다고 들었습니다. 어떤 광고를 제작하셨나요?

✳ LG애드와 제일기획에서 근무했으니 우리나라 대표적인 광고를 많이 했다고 보시면

2000년 방영된 Daum CF '판문점'. 판문점에서 경비병들의 남북대치 상황을 드라마처럼 제작하여 통신의 중요성을 보여준 수작이라는 평을 받았다.

됩니다. 20여 년간 100여 광고주에게 수 백 편의 광고 카피를 썼었죠. 대표적인 것은 초코파이 情 CM-SONG 카피였습니다. '말하지 않아도 알아요~ 얼굴만 보아도 알아~' 기억하시죠? 그리고 삼성의 카피 '세계가 변한다. 삼성이 변한다. 18만 삼성인이 변하고 있습니다'도 제가 만들었죠. 2000년에 방영된 Daum의 CF '판문점'도 매우 호평받은 작품입니다. '아직은 넘어야 할 벽이 많습니다. 인터넷

이 마음의 벽을 허뭅니다. 다음에서 만나자'는 카피는 지금도 기억하는 사람들이 많죠.

그는 알아주는 전문 광고인이었다. 광고인으로서 한국방송광고대상 금상, 소비자가 뽑은 좋은 광고상, 2002 제일기획 최우수 지식마스터상을 수상했고, 런던광고제 IBA 아시아퍼시픽에 파이널리스트로 오르기도 했다. 한편으로는 MBC아동문학대상을 수상하면서 시인으로 데뷔해『애인 친구 누나 엄마 같은 당신』(혜진서관, 1992) 등 몇 권의 시집을 내기도 했다.

그렇게 창창한 능력을 앞으로도 더 활용해야겠군요.

＊ 지금도 브랜딩 코칭 전문가로 활동합니다. 빌 게이츠(B. Gates)와 스티브 잡스(S. Jobs)를 감탄시키며 CNN방송에 소개된 나전칠기 김영준 작가나 동물속담 세상 풍자로 유명한 김남일 팝아티스트의 브랜딩 코칭을 해주었지요. 교사로 퇴직 후 수필가로 활동하는 꿈을 쓰는 정회옥 작가, 걸어 다니는 제주 인문학의 '하르방TV' 고수향 작가의 유튜브 개국도 도와드렸어요. 앞으로도 소상공인이나 문화예술인, 그리고 사람들의 이모작 인생을 응원하는 브랜딩 코칭 활동을 계속할 것입니다.

대표님의 이모작이 성공적일 수 있는 원인은 무엇일까요?

＊ 아무래도 삶의 철학입니다. 저는 인생2막에 접어들어 과거의 성공지향적인 가치관을 행복지향적인 가치관으로 전환했습니다. 사람들을 도우며 함께하는 삶을 추진하는 겁니다. 그리고 꿈꾸는 삶을 향해 가족들과 함께 과감하게 실행했던 것입니다. 아내와 아이들이 이 삶에 대해 내적으로 동의해주고 있으니 행복합니다.

독자들은 선생님의 현재의 삶에서 어떤 좋은 힌트를 받을 수 있을까요?

＊ 이젠 직장이 아니라 평생 직업을 준비해야 하는 시대입니다. 일단 코앞에 닥친 AI 사피엔스 세상을 살아가기 위해서는 챗GPT 등을 자유자재로 활용하는 능력을 갖추어야 합니다. 그리고 무엇보다 보람 있다고 느끼는 자신만의 업을 찾아 실천해야죠. 타인과 차별화되는 자신만의 정체성을 명확히 하여 자신의 브랜드 가치를 높여 가기를 바랍니다. 그리고….

그리고요?

＊ 인디언 기우제란 말이 있죠. 인디언들이 기우제를 지내면 반드시 비가 온다고 합니다. 왜냐하면 인디언들이 비가 올 때까지 기우제를 계속 지내 결국 비가 온다는 뜻이죠. 어떤 난관에 봉착했을 때 포기하는 것도 하나의 방법이겠지만, 독창적인 해결 방법과 아이디어를 생각해서 될 때까지 끝까지 하는 겁니다. 저는 정주영 회

장 말씀을 좋아합니다. 그분은 사람들에게 항상 물었죠? "해봤어?"
라고요. 인생 후반전에 새로운 일을 하려고 할 때 수많은 난관에 부
딪힐 것입니다. 포기하지 않고 될 때까지 해 보시기 바랍니다. '국민
카피 정카피'가 당신의 브랜드를 응원하겠습니다.

그의 언어에는 힘이 실려 있다. 이유는 무엇일까? 일단 삶의 방향
타를 '성공'에서 '행복'으로 전환하고 걸맞은 장소에 안착한 덕분이
다. 여행자에게 충분히 낭만을 불러일으키고도 남을 이글루 펜션은
은퇴 후의 생활을 건실하게 한다. 그러니 젊은 시절 축적한 브랜딩
코칭의 전문성은 더욱 강화되고 자연과 함께하는 시적 삶은 더 풍부
해진다. 인생2막을 앞두고 갈 길을 정하지 못한 은퇴자의 고민은 여
름처럼 뜨겁다. 이때는 정재명과 같은 롤 모델을 찾아라. "당신보다
나은 사람들로 주위를 채워라." 오프라 윈프리(O. Winfrey)의 말이다.
더운 그대여, 삶의 궤적을 돌아보고 자아실현에 도움 될 만한 멘토
를 찾아라. 농축된 인생의 한 수를 들어라. 청량감이 그대의 몸을 감
돌 것이다.

정재명 대표 유튜브 - 정카피TV
www.youtube.com/@TV-ey1gf

정재명 대표 블로그
https://m.blog.naver.com/PostList.naver?blogId=jmjung21&tab=1

정재명의 인생2막 힌트

성공지향에서 행복지향으로 삶의 방향을 전환하라.

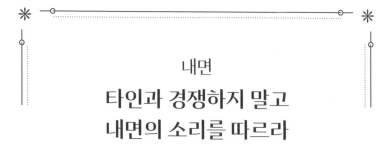

내면
타인과 경쟁하지 말고
내면의 소리를 따르라

㈜한국비폭력대화교육원 윤인숙 공동대표

대한민국 남성들이 여성들에게 절대로 못 당하는 일이 있다. 바로 아이 돌보기이다. 아빠라고 해서 어디 애정이 적을까마는 현실에서는 늘 일이 우선이다. 하지만 여성은 다르다. 엘리트 워킹맘조차도 아이가 최우선의 본능이다. 공들여 쌓아온 경력마저 육아와 가정을 위해 포기하기도 한다. 이번에 만난 이는 아이랑 더 많은 시간을 함께하기 위해 선망의 직장을 나와버렸다. 그런데 그럼으로써 더 가치 있는 생활양식을 찾아 활동하게 되었다고 한다. 그녀를 만나보자.

자신을 소개해 주시겠어요. 부산에도 인연이 있다고요?

✳︎ 네, 둘째 아들이 부산에서 대학을 다녔기에 익숙합니다. 저는 2023년부터 '한국비폭력대화교육원' 공동대표로 활동하고 있습니다.

한국토지주택공사(LH)에 재직하셨다더군요. 지금은 완전히 다른 일을 하시는 셈이죠?

✳︎ 한국토지주택공사의 토지주택연구원에서 연구위원으로 재직하다가 50세에 조기퇴직을 했습니다.

윤인숙 한국비폭력대화교육원 공동대표가 2023년 12월 취임하면서 스태프, 전문 트레이너들과 기념사진을 찍었다. 앞줄 맨 오른쪽이 윤 대표이며, 윤 대표 뒤에 서 있는 이가 캐서린 한 한국비폭력대화센터 설립자다.

이번에 만난 사람은 한국비폭력대화교육원 윤인숙(60) 공동대표다. 서울대에서 도시 및 지역계획 분야 박사학위를 받은 그녀는 젊은 시절 서울주택도시공사와 주택산업연구원을 거쳐 LH 토지주택연구원에서 일하던 재원이었다. 하지만 어느 날 사표를 내고 그 경력과는 다른 쪽에서 이모작을 가꾼다고 한다.

'한국비폭력대화교육원'은 무슨 일을 하는 곳인가요?

＊ 비폭력대화(NVC)는 미국의 마셜 B. 로젠버그(M. B. Rosenberg) 박사가 주창한 뒤 2003년 캐서린 한(K. Han)에 의해 국내에 소개된 '평화의 대화', '공감의 대화'를 말합니다. 우리 교육원은 2006년에 설립됐는데, 비폭력대화를 통해 평화롭게 소통하고 따뜻하게 연결되는 세상을 만들자는 비전을 가지고 있습니다. 33명의 전문 강사와 함께 비폭력대화 프로그램을 개발하고 학교 현장이나 공공기관 직원들에게 비폭력대화법을 교육하고 있지요.

갈등이 일어나는 곳에서 무언가를 하나요?

＊ 연결단체인 '한국비폭력대화센터'가 학교 현장이나 마을, 경찰서에서 갈등을 중재하고 있습니다. 요즘은 학생과 학생, 교사와 학생 간의 갈등이 첨예하죠. 심지어 가족 간에도요. 많은 부분이 넓은 의미에서 폭력적인 대화를 하기 때문에 일어나는 현상입니다. 설령 서로의 욕구가 첨예할지라도 서로가 연민과 공감의 대화를 한다면

각자 원하는 것을 얻을 수 있고 좋았던 관계를 회복할 수 있지요. 비폭력대화교육원은 강사를 파견해 교육함으로써 갈등을 예방하는 데 집중하고 있습니다.

50세에 퇴직하셨으니 비교적 일찍 그만두셨는데 비폭력대화 활동을 하려고 그랬던 건가요?

❋ 아닙니다. 좀 자유롭게 살면서 아이와 많은 시간을 보내고 싶었기 때문입니다. 또한 팍팍한 직장생활을 그만두고 저의 본성에 충실한 삶을 살고 싶었어요.

자유롭게 살고 싶은 것은 많은 이들의 로망입니다만 쉽지 않은데 어떻게 그런 결단을 내리셨어요?

❋ 저는 LH 연구원에서 국토교통부의 '살고 싶은 도시 만들기' 정책을 수립하는 데 참여하고, 2006부터 2010년까지 '시민과 도시'라는 정기 간행물의 편집장을 역임했죠. 나름대로 보람 있는 일을 했습니다. 그런데 어느 순간부터 일의 가치를 찾기가 어려워졌고 원치 않는 일을 맡으면서 스트레스가 커졌습니다.

대개 직장인은 조직에 적응하기 위해 안간힘을 쓴다. 억압적 분위기에서 허접하게 대우받을지라도 고단함을 숙명처럼 생각한다. 범생이 출신일수록 때려치운다는 결정을 감히 못 내린다. 그러나 그녀는 내면 갈등을 해결하고 퇴사를 결단했단다.

　과감히 퇴사한 특별한 계기가 있었겠죠?

　＊ 확실한 계기라고 하면 제겐 세월호 사건이었습니다. 2014년이었어요. 직장에 회의감이 심하던 어느 날 TV를 보았는데, 세월호에 희생된 아이의 엄마께서 '아이 학원비라도 조금 더 벌려고 애쓰면서 정작 아이하고 밥 한번 같이 못 먹었는데…'라며 울먹이시더군요. 그 소리가 가슴에 꽉 박혔습니다. 더 늦기 전에 아이와 더 많은 즐거운 시간을 보내야겠다고 생각했습니다. 당시 아이는 경남 산청의 대안기숙학교에 다니며 떨어져 살고 있었습니다. 잘못살고 있다는 각성을 했죠.

　퇴직 전에 은퇴 후의 '일'을 생각하기보다는 '가족'을 우선적으로 생각하셨군요.

　＊ 그런 셈이죠. 나이 50세에 회사를 나올 때는 자유롭게 살면서 아이와 많은 시간을 보내자는 것이 가장 절실한 욕구였습니다. 그런데 회사를 그만둘 때 내면갈등 해결의 도움을 받은 비폭력대화를 깊이 배우면서 나머지 삶은 비폭력대화를 통해 사회의 언어를 평화롭게 바꾸는데 기여하고 싶다는 꿈을 갖게 되었습니다. 2010년이었습니다.

비폭력대화에 대해 그렇게 입문하셨군요.

＊ 네, 그래요. 그리고 2011년에는 아이를 경남 산청의 생태마을에 있는 '산청간디어린이학교'라는 대안학교에 보내었습니다. 학교에 지각했다고 오리걸음을 시키거나 경쟁에 살아남는 법만 가리키는 정규학교에는 아이를 맡기고 싶지 않았거든요. 그리고 직장이 대전에 있던 저는 아이가 중학교에 들어간 2013년부터 마을에 집을 얻어 주말에 산청을 오가는 오도이촌(五都二村) 생활을 하며 자연 속에서 시간을 보냈어요. 저는 항상 글을 쓰고 싶었는데 일과 삶이 일치되니까 글도 잘 쓰여지더군요. 다른 삶에 대한 자신감을 가지게 되었죠.

이렇게 그녀는 아이와 더 많은 시간을 보내기 위해 직장을 그만두었다. 물론 저마다 처지와 생계의 책임감이 다르긴 하지만 이 땅의 남자는 감행하지 못할 일이다. 사회활동에 있어서 남녀 역할 경계가 희석화된다고 하지만 아직도 남자에게는 어려운 일이다. '엄마'만이 가질 수 있는 용기인 것이 사실이다. 하지만 엄마라고 가볍기만 할까? 어쨌든 지금도 그녀는 '일'과 '아이'가 겹치면 과감히 아이를 택한단다.

그렇게 결단하시며 비폭력대화 지도자로 삶의 목표를 재설정하신 거군요.

＊ 회사를 그만두던 그해에 둘째가 다니던 학교에서 갈등이 있었는데, 문제해결 과정에서 '한국비폭력대화센터' 캐서린 한 대표님의 도움을 크게 받았습니다. 존경하는 고도원 아침편지 이사장께서 '모든 일에는 다 뜻이 있다'고 하셨는데, 저는 그 체험을 하면서 비폭력대화는 우리 사회에 큰 힘이 될 수 있다는 걸 알게 되었고, 한 대표님이 권하셔서 비폭력대화 강사로, 그리고 그 후에는 교육원의 공동대표로 일하게 되었습니다.

윤인숙 공동대표가 고도원의 깊은산속옹달샘에서 비폭력대화 워크숍을 운영하는 장면. 대화로 자신을 알아가며 성장시켜 세상과 평화롭게 소통하는 것이 목표다.

그런데 수입이 과거보다 줄어들었을 것 같은데, 마음속에 갈등은 없었나요?

＊ 수입은 적어졌어요. 하지만 생활은 더 풍요로워졌어요. 놀라운 일이죠. 퇴사를 고민할 때 제게는 두 가지 욕구가 있었어요. '아이와 함께하는 자유'와 '경제적 안정'이었습니다. 그런데 삶의 양식을 바꾸니 모순적으로 보이던 두 가치가 동시에 충족되더군요. 도시인들은 쓸데없는 곳에 돈을 너무 많이 쓰죠. 그 돈을 벌려고 가족과 행복하게 지내는 삶을 포기해 버려요. 도

시에선 소비행위가 자기 존재를 증명하는 방법이죠.

시골생활을 해보면 어떤가요?

＊ 시골에서는 많은 부분 자급자족하기에 적은 수입으로도 풍족할 수 있지요. 남의 인정을 받기 위해 경쟁하지 않아요. 그러니 시간도 더 많아지고 삶의 여유도 제곱이 되더군요. 이렇게 저의 반농반X(半農半X)'는 저의 본성을 따르면서 가치를 추구하는 생활양식이 되더군요.

시골에서는 비폭력대화 말고도 다른 일도 하신다고 들었는데 어떤 일인가요?

＊ 제 전공과 관련해 농촌에서도 하는 일이 있어요. 하동군 청년협력가대학 학장으로 활동하고 있습니다. 이 대학은 농촌을 역동시킬 젊은 활동가를 양성하는 기관으로 하동군에서 설립했습니다. 저는 2020년부터 3년간 경남도의 '경남마을공동체지원센터'의 장으로 활동했는데 그 인연 덕이었습니다. 초고령화로 치닫는 농촌에 참으로 의미 있는 일이라 전국 농촌에 모델이 되기를 바라며 임하고 있습니다.

앞으로는 무엇을 하실까 궁금합니다. 인생 후배들에게도 한 말씀 해주세요.

＊ 저는 앞으로도 비폭력대화법을 확산하는 데 주력할 것입니다.
한국 사회는 수평적 문명으로 가는 중이지만 여전히 수직적 의사
소통이 많아서 갈등이 많습니다. 상처 주는 말들이 난무합니다. 또
한국인에게는 분노와 우울이 많죠. 내면에 평화를 주고 관계를 회
복시켜 주는 대화법을 널리 알려 나갈 겁니다. 인생 후배님들에게
는 돈에 지나치게 의존하지 않는 적정 소비와 삶의 기술을 익히라
고 권하고 싶습니다. 자기 내면의 소리에 관심을 가져 보시기를 권
합니다. 많이 욕망하고 경쟁에서 이기려 하기보다는 자기의 내면에
서 자기에게 하는 소리를 듣는 것이 중요하죠. 그리고 은퇴 10년 전
부터 인생2막을 조금씩 준비하는 게 좋습니다. 가능한 귀촌을 권하
고 싶습니다. 제가 그러듯이 경제적으로, 시간적으로 더 많은 여유
를 즐길 수 있습니다.

대표님의 이모작은 왜 성공적인가요? 성공적인 가장 큰 요인은
무엇일까요?

＊ 저에게는 헬렌 니어링(H. Nearing)의 삶이 인상 깊습니다. 그 말
고도 좋은 스승들의 가르침을 받고 있습니다. 남들이 손 벌리는 게
싫으면 내가 가난해지면 된다는 말씀을 해주신 법륜스님, 비폭력대
화를 통해 제2의 인생길을 제시해 준 캐서린 한 선생님, 모든 고난
에는 다 뜻이 있다는 것을 알려주신 고도원 이사장님입니다. 20년
전 나이 60에 비폭력대화를 고국에 전하러 오신 캐서린 한 선생님

은 제 롤 모델입니다. 제 나이 60이지만 희망을 느낄 수 있는 이유입니다.

　윤인숙은 '조화로운 삶'의 저자 헬렌 니어링을 생각하게 한다. 실제 니어링 부부는 일 년 중 반은 자급자족을 위해 노동하면서, 나머지 반은 삶을 즐겼다 한다. 하루 네 시간만 일하며 주어진 나머지 시간을 오직 즐겼다고 한다. 결국 그녀의 '반농반X'의 생활은 반은 농업에 종사하고, 반은 또 다른 일을 한다는 뜻인데, 소박하고 절제하는 삶을 살면서도, 한국 사회에 필요한 공감적 소통문화도 확산하고 있으니, 보면 볼수록 이보다 더 알차고 조화로울 순 없다.

한국비폭력대화교육원
https://www.krnvcedu.com:5011/index.aspx

윤인숙의 인생2막 힌트

내 마음이 하는 소리에 귀를 기울이자.

3부

자아창조(自我創造)

두 번째 자아를 예술로
승화시킨 사람들

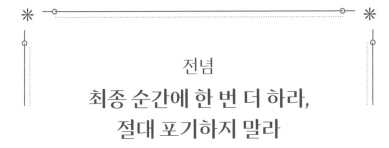

전념
최종 순간에 한 번 더 하라,
절대 포기하지 말라

나전칠기 작가 김영준

위대한 성과를 내는 사람들은 어떤 사람일까? 어떤 특성을 가지고 있을까? 위대함은 어떻게 만들어지는 것일까? 큰 업적을 내는 사람을 볼 때 떠오르는 의문이다. 이번에는 늦게 시작했으나 상상 이상의 예술작품을 만들고 있는 분을 만났다. 그가 만든 나전칠기의 오묘한 빛은 형언하기 어려울 만큼 신비하고 아름다웠다. 전시회가 열리고 있는 경기도 양평의 그의 작업실을 방문했다.

안녕하세요? 나전칠기를 활용한 예술작품 하나하나 극도로 아름답군요. 전시회의 슬로건이 '지나간 30년, 가야 할 30년'인데 무슨 뜻인가요?

　＊ 2024년은 제가 나전칠기에 입문한 지가 30년 되는 해입니다. 30년 동안 200점 정도 제작해 온 저의 모든 작품을 총망라하여 전시하는 30년 기념 작품전입니다. 그동안 성과가 없진 않았지만, 다시 30년을 더 나아간다는 결심을 담은 문구입니다.

여백 김영준 나전칠기 작가가 가장 좋아하는 작품으로 손꼽는 '국화문달항아리'를 보면서 파안대소하고 있다.

오늘 만난 이는 김영준(65) 작가다. 미디어 아트에 백남준이 있고, 회화에 이우환이 있다면 나전칠기에는 김영준이 있다 할 정도로 대가가 된 이다. 장인들의 손 감각으로만 비전되어 주로 가구에만 사용되어 온 우리의 전통 나전칠기 기술을 세계인이 즐겨 찾는 예술작품의 경지로 올려놓은 이다.

지난 30년 동안 가장 감회가 깊은 작품은 어떤 것인가요?

＊ 빌 게이츠가 주문 구매한 작품이 아닐까 합니다. 빌 게이츠가 2008년 5월 우리나라를 방문할 때 저의 자개로 입힌 게임기 'X박스'를 당시 이명박 전 대통령에게 선물했죠. 그 일이 계기가 되어 스티브 잡스도 2009년 자신의 아이폰에 저의 자기를 입혔고, 2014년 프란치스코 교황님이 방한하셨을 때 앉으시는 성좌를 제작해 드리게 되었었지요.

2014년 프란치스코 교황의 명동성당 미사를 위해 김영준 작가가 제작한 성좌. 검소한 가운데 지고의 품격이 서려 있다.

아니, 프란치스코 교황의 성좌도 그렇거니와, 일단 그 유명한 빌 게이츠가 어떤 인연으로 작가님을 찾게 되었던가요?

＊ 저는 2007년에 프랑스 문화부 장관 초청으로 파리의 고급 호텔에서 작품 전시회를 했습니다. 그런데 같은 호텔에 유숙하던 빌 게이츠가 전시장을 방문해 '코스모스' 2점과 '초충도' 2점을 사 갔습니다. 그리고 그다음 해에 그가 방한할 때 이명박 전 대통령께 드릴 선물로 그의 게임기 박스에 나전을 입혀달라는 주문을 다시 하더군요.

김영준 작가가 나전을 새겨넣은 게임기 'X-BOX'다. 주문한 빌 게이츠가 'X-BOX'를 앞에 두고 연설을 하는 장면

빌 게이츠의 주문은 그의 나전칠기 인생에서 대박 사건이었다. 그 사건을 계기로 2009년 스티브 잡스가 찾았고, 2009년 삼성 지펠 냉장고에 나전 장식을 입혔으며, 2010년 아랍에미리트 공주가 화장대를 구입했다. 2014년 프란치스코 교황의 옻칠 의자 제작, 2017년 태국 왕실 초청 전시가 잇따랐다. 2024년에는 CNN에서 그의 예술세계에 주목하여 GREAT BIG STORY

로 방영했다.

　젊은 시절 알아주는 주식 전문가로 활동하셨다던데, 어떻게 인생 전향을 하셨어요?

　✱ 저는 1984년에 동서증권에 입사하여 10년 넘게 활동했죠. 당시엔 우리나라 주식이 최고 호황기였기에 아파트를 3채나 살 정도로 돈을 벌었죠. 그러나 돈의 노예가 되는 것 같기도 하고 인생이 돈이 전부인가 하는 생각을 많이 했었어요. 그리고 좋을 때는 보너스도 1,000% 이상도 받기도 했으나, 나쁠 때는 엄청난 스트레스를 받는 걸 봤어요. 평생 직업으로 있을 곳은 아니더군요. 저는 그때 일본인이 쓴 인생이모작에 대한 책을 읽기도 하면서 인생 후반기 삶에 대해 깊은 생각도 했었어요. 그러던 중 무엇보다 인생의 가르침을 많이 주시던 저의 멘토 동서경제연구소 손병두 사장님께서 연구소를 그만두실 때 저도 그 세계를 떠나기로 결심해 버렸죠.

　그는 당시 MBC 〈뉴스데스크〉에 출연하여 증시 상황을 브리핑하고, MBC 라디오에서 아침 6시에 3년간 증시 동향을 리포팅할 정도로 소문난 베테랑이었다. 단행본 『88베스트 주식』(신진리탐구, 1994)도 출간하던 전문가였다. 그러나 그때 필생의 다음 일을 위해 직을 던져버렸다는 것.

그렇게 해서 차가운 수치와 돈의 세계에서 탈출해 버렸군요. 그런데 어떻게 나전칠기를 하시게 되었나요?

＊ 정년퇴직 없는 일을 찾다가 예술 쪽을 생각했어요. 어린 시절 강원도 산골에서 자랐기에 미대 진학은 못 했지만 소질은 있었거든요. 그리고 고심 끝에 나전칠기를 선택했어요. 나전의 빛이 좋았고 남이 하지 않는 분야였기 때문입니다. 제가 주식 강의할 때 항상 "남들이 가지 않는 길을 가라"고 했는데, 제가 스스로 실천을 한 셈이죠.

뒤늦게 시작하셨지만 위대한 성과를 내셨으니, 남모르는 위대한 노력을 충분히 하셨겠지요?

＊ (웃음) 위대한 노력이라고 하긴 뭣할 수 있어도 말로 표현 다 못할 정도의 노력과 수고를 하였습니다. 퇴직한 1995년 38세 때 저는 미국 LA 아트&디자인 아카데미스쿨에 디자인을 공부하러 갔습니다. 2년 동안 공부했죠. 그러고는 귀국해서 양주에 공방을 만들고 강남에 전시장을 열었는데, 몇 년 안 되어 접고 말았죠. 아파트가 보편화되면서 검은색 나전칠기로 된 장롱을 장만하는 시대가 아니었던 겁니다.

그래서 어떻게 하셨어요?

＊ 포기할 수 없었습니다. 생계를 위해 택시를 몰다가 다시 이탈

리아 밀라노의 도무스 아카데미(Domus Academy)로 갔습니다. 그곳에서 '장롱에 붙어있는 나전칠기를 떼어내자. 이 자체를 예술작품으로 만들자'는 결론을 가지고 파고들었죠. 실험하고 만들고를 반복하는 세월이었습니다. 귀국한 뒤 일본 가나자와에도 2001년부터 2년 이상 공부하러 다녔어요. 오가는 비행깃값만 해도 1억 원 정도 들었지만, 최고 작품을 위해 최고 노력을 쏟아야 했기에 하루 20시간 작업을 할 때도 있었습니다. 생계가 어려울 때도 있었지만 재미있었고 돈을 생각하지는 않았어요. 또 오스트리아의 빈이나 두바이 등 해외 여러 곳에서 부지런히 전시도 했었죠.

초기부터 해외에서 배웠고, 해외 시장을 대상으로 하셨군요.

＊ 독일, 런던, 파리 등 여러 곳에서 전시 많이 했죠. 그때 다 판 적이 두 번 있지만, 한 점도 못 팔아 비용만 깨어진 적도 있어요. 그런데 돈은 깨어지지만 나중에 꼭 연결되고 도움이 되더군요. 빌 게이츠도 그때 만난 겁니다.

그가 이제까지 국내외 개최했던 개인전만 해도 37회. 매일 하루에 15~20시간을 채운 작업행군은 상상만 해도 범접할 수 없는 경지다. 그 스스로는 어떤 '영(靈)'이 선생을 도구로 해서 작업을 하게 만들었다고 할 정도다. 어쨌든 그 덕분인지 그는 초월적 성취를 했다. 현재 런던 주영한국문화원(UK. London), 북경 주중한국문화원,

주오스트리아대사관, 삼성전자, 뉴욕한국박물관 등에는 작품이 항상 전시 혹은 소장되어 있다. 프랑스 대통령, 영국 총리, 덴마크 총리도 그의 작품을 소장하고 있다. 이번 전시회가 열리는 120평 그의 작업실에는 14자 장롱에 입힌 대작부터 화장대나 항아리 공예품까지, 한 인간의 30년 세월로는 도저히 믿어지지 않는 200여 점의 작품들이 오묘한 빛의 향연을 보여주고 있다.

하나하나 살펴보니 엄청난 작업량인데 건강은 어떠셨나요?

＊ 큰 고비가 있었어요. 눈을 많이 쓰는 작업이다 보니 8년 전부터 눈이 멀 것 같았고, 고지혈, 고혈압, 당뇨 등도 심각했어요. 또 6년 전에는 교황님 의자 제작을 주선하신 홍문택 신부님이 선종하셔서 정신적으로도 최악이 되어버리더군요. 그런데 좀 긴 이야기이지만, 전주시에 계신 신부님이 가르쳐주신 자연치유법으로 약 하나 먹지 않고 거짓말같이 회복할 수 있었습니다. 신체 근력과 마음 근력의 중요성을 절실히 느꼈지만 어쨌든 그 고비가 저를 다르게 만들었어요.

어떻게 다르게 만들었나요?

＊ 비우는 삶을 알게 된 것입니다. 생활도 작품도 비워야 한다. 심플의 가치, 자연의 이치를 체득한 것입니다. 그래서 저의 앞으로 '가야 할 30년'은 '자연처럼 물처럼'입니다. '지난간 30년'은 좀 더 차

별화된 나만의 틈새를 생각하며 '뭘 하나 더 넣으면 이쁠까' 그랬는데, 이제는 '뭘 하나 뺄까'라고 모색합니다. 비우고 비우는 자세로 살다 보니, 작품 자체도 계속 단순해지고 있습니다.

건강에 고비를 겪으며 작품 성향에도 변화가 왔군요. 생활의 변화도 왔군요.

✳ 네, 그렇죠. 젊은 시절은 치열하게만 살았는데, 나이 들면서 운의 존재를 느끼고도 있죠. 제가 열심히 했었어도, 빌 게이츠와 같은 호텔에 숙박하는 인연이 매우 중요했지요. 결국 세상사, 힘 빼고 살아야 해요. 저는 매일 인문학 공부하면서 건강을 위해 테니스하고, 자연과 호흡하고, 영감을 잡아 작품으로 승화시킬 뿐입니다. 성공하겠다는 생각 안 해요. 단지 지금 이 순간 최선을 다하는 자세로 하는 겁니다.

개인적으로 나전칠기의 세계화 경영을 하셨는데, 앞으로 어느 정도 가능할까요?

✳ 전번에 CNN에서 취재하면서 이렇게 거대한 일과 작품을 왜 혼자서 하느냐? 정부나 기업 학교가 담당해야 할 것이라고 하더군요. 실제 일본은 옻칠을 정부 차원에서 산업화시켜 세계로 진출하고 있죠. 저의 지난 30년은 가구에 붙어있던 나전 그 자체를 현대적인 미술작품으로 전환시키는 세월이었어요. 자개를 좀 적게 쓰면서

밝게 만들고 입체도 넣으며 세계인의 기호를 살펴왔죠. 나전의 빛은 사랑, 치유, 행복을 줍니다. 이것으로 보는 이들의 상상력을 키우고 싶습니다.

인생이모작을 준비하시는 이들에게 한 말씀 해주세요.

＊ 이제 정년은 없다고 생각하시고 자기가 진짜 좋아할 수 있는 걸 찾아야 해요. 돈도 되면 좋지만 자기가 잘할 수 있는 거, 좋아하는 거 하면 행복해집니다. 이때 남들이 달려가는 쪽의 반대쪽을 가라고 하고 싶어요. 남들의 반대, 자기가 좋아하는 것에 인생의 보물이 있습니다. 그리고 절대 그리고 절대 포기하면 안 돼요. 하다 보면 실패할 수도 있는데, 거기서 무너지면 안 돼요. 몇 번 실패한 게 중요한 게 아니라 몇 번 일어서는 것이 더 중요하니까, 끝까지 못 하면 실패자고, 끝까지 하면 성공자가 되는 거니까 끝까지 가야 해요. 그리고 같은 실수를 반복하지 않도록 계속 머리 쓰고, 그 몸과 마음을 튼튼히 해야 합니다.

하시는 말씀에서, 그동안 얼마나 치열히 내공을 쌓아오셨는지 강렬히 느껴집니다.

＊ 그런가요? 실패자가 되지 않고 성공자가 되는 데 있어서 제일 중요한 건 역시 '한 번 더하는 실천'입니다. 한 번만 더하면 승리를 잡는데 그 문턱에서 많은 사람들은 포기하고 말죠. '한 번 더'를 꼭

강조하고 싶습니다.

2024년은 김영준이 차갑고 혼란한 주식의 세계를 뒤로하고 빛의 세계로 들어간 지 30년이 되는 해다. 우리 민족의 숨결이 스민 은은하고 오묘한 빛의 나전칠기를 깊은 치유의 예술작품으로 승화시킨 세월이었다. 그는 항상 보이는 나전의 빛이 품고 있는 보이지 않는 빛까지도 품고 싶었다. 그리고 이를 통해 거친 세상을 치유하고 행복과 사랑을 선물하고 싶었다. 이제 빛의 작가 앞에 전개될 '가야 할 30년'은 중력을 개의치 않고 세상을 비추는 별빛의 길과 같다. 길 가는 뭇사람들에게 위안과 용기가 될 것이다.

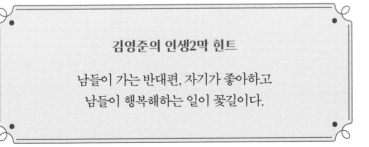

김영준의 인생2막 힌트

남들이 가는 반대편, 자기가 좋아하고
남들이 행복해하는 일이 꽃길이다.

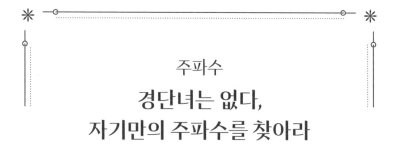

주파수
경단녀는 없다,
자기만의 주파수를 찾아라

결대로공방 신미선 대표

재능이란 무엇일까? 젊은 시절 묻혀있던 재능이 중년기에 발견
돼 시작해도 괜찮은 성과를 낼 수 있을까? 재능은 어떻게 발견되는
것일까? 얼마나, 어떻게 해야 한 분야의 일가를 이룰 수 있을까? 이
질문은 교육학자들만의 관심거리가 아니다. 결혼해 아이를 기르며
가족을 돌보는 일에 전념했던 여인들, 이른바 경단녀들은 이 질문
앞에 위축되곤 한다. 그런데 이번에는 마흔 중반에 우연히 시작했
으나 마치 예언처럼 반짝이는 이를 만났다. 그녀는 어떻게 하여 가
능했을까?

여기가 어디인지 소개해 주시겠어요?

＊ 통영시 용남면에 있는 '결대로공방'입니다. 우리 공방은 '쓰임새 있는 아름다움'이라는 공예의 본질을 바탕으로 결대로 무늬대로 작업하는 나전칠기 공방입니다. 저는 신미선(55) 대표입니다. 2024년을 기준으로 12년째 나전칠기를 하고 있습니다.

신미선 작가가 통영소반을 주로 제작하는 이상희 작가가 새롭게 디자인한 소반을 다시 다듬던 중 사진을 찍었다. 그녀의 오른편에 보이는 작품은 나전칠기 입문 3년 차에 매화문으로 나전을 시문해 친정어머니께 선물한 통영소반이다.

얼마 전에 개인전을 하셨다고요?

＊ 지난 2023년 10월 5일부터 30일까지 통영의 갤러리 노산에

서 했었죠. 제가 나전칠기에 입문한 게 2012년이었으니 12년 만에
연 첫 개인전이었습니다. 운명처럼 된 나전칠기 인생에 중간 마침
표가 필요했습니다. 100여 점을 전시했는데, 1개월 걸려 만든 작은
소품들부터 몇 년에 걸쳐서 완성한 작품도 있었고요. 공방 구석에
두었던 것들에 빛깔을 넣고 이름을 달아주는 일이었지만 보였던 것
을 또 보이기 싫어 수많은 밤을 지새우며 준비했죠. 고단했지만 뿌
듯한 시간이었습니다.

이번에 만난 이는 나전칠기 작가 신미선 씨다. 그녀는 43세인
2012년에 나전칠기에 입문하여 그다음 해인 2013년 제16회 경남
관광기념품 공모전에서 대상을 수상했고, 그 이후 2018년 제48회
경남공예품대전 대상, 제48회 대한민국공예품대전 문화재청장상,
2020·21·23년 경남공예품대전의 입선·대상·동상 수상, 2021년
대한민국공예품대전 한국공예협동조합 협회장상, 2022년 통영시
관광기념품공모전 대상을 받았다.

그동안 나전칠기 부문에서 적지 않은 상을 받았더군요. 나전칠기
의 매력은 무엇인가요?
✳ 대한민국 공예품대전에서 문화재청장상 등 적지 않은 상을 받
았습니다. 제가 상복이 좀 있나 봐요(웃음). 나전칠기는 조개 나(螺)
비녀 전(鈿)을 씁니다. 나무, 금속, 가죽, 그리고 유약을 바르지 않은

도자기 등 다양한 성질의 기물에 나선형의 전복 조개류의 껍질을 갈고 가공하여 자개를 붙이고, 여러 번의 옻칠을 하는 등 25가지 이상의 공정을 거쳐 마무리하는 난도 높은 수공예입니다. 천연 자개는 빛과 각도에 따라 반짝반짝 아름답고 신비로워 곁에 두고 접할 수 있는 것 중 걸작이죠. 통영이 본향인 가장 민족적이고도 아름다운 공예입니다.

놀랄만한 성과를 보여주시는데, 대학에서 나전칠기를 전공하셨던 경력 단절 여성인가요?

＊ 아니에요. 저는 학습지 회사에서 직장생활 중 지금의 남편을 만나 결혼하고 두 아이를 출산하여 양육해 온 문외한이었어요. 나전칠기는 제 인생에 없던 품목이었습니다.

그럼 특별한 공부 없이 이 경지에 올랐다는 건가요? 어떤 계기에 시작하셨나요?

＊ 결혼하고 두 아이를 출산하면서 저라는 존재보다는 가족에게 집중했던 시간이 많았습니다. 그 생활이 즐겁지 않거나 불편한 것은 아니었어요. 하지만 무채색이었어요. 나이 40줄이 되자 글쓰기가 꿈이었지만 시작을 못했고 세상으로부터 점점 소외되고 위축된다는 느낌이 커지더군요. 첫애가 중학교에 들어가고 둘째가 초등 고학년이 되면서 남은 50년을 어떻게 지낼지 두리번거리던 중 우

연히 통영시의 나전칠기 공예 수강생 모집 안내 글을 보았습니다. 남들과 차별화된 것을 해야 한다는 생각이 있던 중 노크하게 된 거예요.

신미선 작가가 2019년 베를린 국제관광박람회에서 나전칠기 체험 부스를 운영하던 중 찍은 사진.

평생 해 본 적 없었는데 빠져들다니 뭐 동기가 부여된 다른 계기도 있었겠죠?

＊ 통영 사람으로서 정체성에 기반한 무엇을 해 보자는 생각을 했지만, 각오를 더 다진 계기도 있었어요. 2019년이었는데, 그동안 여러 곳에서 상을 받고 나니, 세계 3대 관광박람회인 베를린 국제관광박람회(ITB Berlin)에 참여해 한국관의 나전칠기 체험 부스를 운영하게 됐습니다. 그때 K-컬처 붐이 일었던 덕에 한복까지 입은 독일 십 대 소녀들이 한국관에 엄청나게 몰려오더군요. 인기 폭발이었죠. 그런데 그해 8월 싱가포르에서도 그랬고, 2019년에는 태국 프랑스 스페인에서도 그러더군요. 화장실 갈 시간도 없이 늘 장사진이었어요. 그 연이은 경험이 저를 더욱 깊숙이 빠져들게 하더군요.

그녀는 대학에서 나전칠기를 전공한 것도 아니고 강한 열망을 미리 가진 것도 아니었다. 마흔을 조금 넘어 우연히 기초반부터 시작해 이렇게 고수가 된 것은 이례적이다. 그런데 '우연'은 성공자의 경력에 종종 나타난다고 보고되고 있다. 심리학자 존 크롬볼츠(J. D. Krumboltz) 교수에 따르면 성공한 사람의 80%가 치밀한 계획보다는 우연한 어떤 계기를 타고 시작했다는 것. 하지만 그녀 스스로도 몰랐던 잠재 재능에 스파크가 일어나려면 무언가 더 어떤 요인이 있지 않았을까 궁금했다.

그래도 나이 40 중반에 시작했기에 쉬운 일이 아니었지요?

＊ 당연히 그랬죠. 그러나 초급반을 마치면 중급반, 그다음은 고급반 이렇게 계속 배우고 닦았죠. 제가 운이 좋았던 건 최고 선생님에게서 배울 수 있었던 것이었어요. 통영시는 나전칠기 교실에 송원섭 옻칠 분야 대한민국 명장, 박재성 국가중요무형문화재 나전장을 교수로 모셨어요. 최고 전문가를 모신 것은 통영시만이 할 수 있는 멋있는 기획이었어요. 그리고 저 스스로는 매일 15시간 이상 쏟아부었어요. 전적으로 자기 자신과의 싸움이죠. 체력은 문제 되지 않았지만, 피부에 옻이 올라 고생도 했었죠. 진물이 흐르거나 얼음찜질을 하지 않으면 잠을 잘 수 없을 정도로 고통스러웠던 날도 있었어요.

매일 15시간이라면 엄청난 노력이었는데, 40대 중반이라면 아내로서, 엄마로서 여러 요구를 받는 시점이 아니었나요?

　＊ 아내, 엄마, 딸, 며느리로서 가족을 중심으로 존재하던 제가 저의 일에 점점 열중하자 취미로 그칠 줄 알았던 가족들이 당황하고 불편해하는 시기가 있었어요. 저에게 가장 큰 난관이었죠. 그러나 지금은 남편이 최고의 우군입니다. 도랑의 물은 돌이든 무엇이든 괴어서 멈출 수 있지만 큰 물줄기는 무엇으로도 막을 수 없다는 신념을 갖고서 열심히 생활했지요. 그러다 보니 나중에 아이들도 상황을 알고서 주체적으로 되어 열심히 하더군요. 딸은 지금 BTS의 소속사인 하이브의 걸그룹 르세라핌의 스타일리스트로 활동합니다. 아들은 중국에 유학하여 열심히 살아주니 너무 감사한 일입니다. 그들에게 관여를 줄이고 저 스스로 주체적으로 사는 모습이 더 좋은 가르침이 되었나 봐요.

　작가님의 성공 사례를 생각하여서 독자들에게 도움 되는 말씀 좀 해주세요.

　＊ 우선, 정부가 지원하는 프로그램을 200% 활용하라고 권하고 싶습니다. 둘러보면 저렴하거나 무료로 받을 수 있는 교육 기회가 참 많습니다. 저는 정부 프로그램으로 시작하고 내공을 쌓고 마침내 이름을 낸 경우입니다. 둘째, 협업 마인드를 권하고 싶습니다. 협업은 작품을 실적으로 고양시키고 시장 니즈에 부응하게 합니다. 저

의 경우 앞으로 회화, 섬유공예, 가죽공예, 목공예, 금속공예 등과의 협업은 물론이고 명품 핸드백하고도 협업할 생각을 갖고 있습니다.

40대 이후 새 일을 찾는 여성들에게도 한 말씀 부탁해요.

✻ 주파수를 말씀드리고 싶습니다. 삶에는 무수한 유혹들과 다양한 일들이 맹수처럼 입을 벌리고 있죠. 하지만 자기만의 안테나를 세워 원하는 주파수를 찾아내는 것이 중요합니다. 숱한 잡음들이 안테나에 걸리고 거친 소리들이 귀를 괴롭히겠지만, 간절히 원하는 나만의 주파수에 이르면 지나왔던 모든 소음들이 잠재워집니다. 고요하고 평화롭지만, 큰 물줄기가 되어 일렁인다면 누구도 막을 수 없고 크고 작은 난관에도 거침없는 나만의 색깔과 소리를 찾을 수 있다고 생각합니다.

주파수 이야기 재미있군요.

✻ 네, 고맙습니다. 누구나 자기를 가장 잘 아는 사람은 자기 자신입니다. 자기가 즐겁고 자기가 행복한 무언가에 주파수를 맞추고 안테나를 세우는 것이 중요합니다. 누구에 의해 이끌려 가는 삶을 멈추고 내가 이끄는 삶에 집중하기를 바랍니다. 저의 경우 많이 늦었다고 생각했고, 전공자가 아니어서 힘들 거라고 약간은 힘 빠지는 생각을 했던 적도 있습니다. 하지만 이렇게 주파수를 찾아 집중하고 보니, 일찍 시작하고 전공한 이들과는 비교할 수 없어도 저만

의 강한 무기를 가지게 되더군요.

앞으로는 어떤 활동을 계획하고 계시나요?

＊ 해외에서 10·20대들이 나전칠기로 된 열쇠고리나 수저 만들기 체험에 매료되는 것을 보고 이를 통영의 어르신과 다문화가족에게도 적용했는데 역시 인기 폭발입니다. 나전칠기를 단순한 전통 공예를 뛰어넘는, 실생활에 쓰임이 많은 다양한 작품들로 만들어 모두가 공감하는 친근한 공예로 자리 잡도록 하고 싶어요. 여러 가지 체험 키트를 만들어 세계인들이 나전칠기 공예의 매력을 느낄 수 있도록 하는 일이 저의 목표입니다. 그리고 잠재웠던 글을 쓰는 작업을 계속하여 이를 공예에 접목해 작품을 만들려고 합니다. 나전칠기 공예를 넣은 목기 도시락도 제작하고도 싶습니다.

인터뷰를 하면서 신미선 작가는 겸손하고 언어가 반듯한 사람이란 생각이 들었다. 그래서 43세 이후 그녀가 통영의 모든 밤과 낮을 붙들고 치열하게 노력했던 것을 다 들을 수 없었다. 우리가 그녀에게서 받을 수 있는 힌트는 무엇일까? 바로 '우리 모두에게는 스스로 눈치채지 못한 걸출한 재능이 있다'는 것 아닐까? 그런데 인간사 재능만으로 되는가? 축구 영웅 펠레(Pele, 본명: E. A. D. Nascimento)는 말했다. "재능만으론 부족해요. 성공하기 위해서는 동기부여, 헌신, 그리고 결단력이 필요합니다." 여기서 헌신은 노력을 말한다. 그녀는 많이 늦었고 전공자가 아니었기에 재능에 노력을 곱하여 기술을 익혔고, 그 기술에 또 노력을 곱하여 성취를 이루고 있다. 주도적으로 할 수 있는 일을 찾아 자신의 삶에 집중하자 나전칠기처럼 반짝반짝 빛나게 되었다. 결혼을 하고 난 이후 꿈이 무산되고 있다며 아파하는 이들이 가슴속 삶의 별빛으로 기억할 만하다.

신미선의 인생2막 힌트

스스로가 자기 자신의 주인이 되는 삶을 지향하면
반짝반짝 빛나는 자신을 만나게 된다.

좌표
꿈이 그대를 춤추게 하라

탱고 스튜디오 아미고 최윤라 대표

언젠가부터 '춤바람'이 슬슬 인다고 한다. 어떤 이는 탱고를, 어떤 이는 살사를 배우러 다닌다. 그런데 탱고(Tango), 좀 알만하면서도 정작 어렵다. 많은 사람들은 탱고를 영화 〈여인의 향기〉에서 본 것 정도로 기억한다. 배우 알 파치노(A. Pacino)가 앤워(G. Anwar)와 함께 음악 '간발의 차이로(Por Una Cabeza)'에 맞춰 춘 장면. 1993년도였다. 그 탱고를 사람들은 왜 지금 찾고 있을까? 오륙십 인생길 걷다가 꼬인 인생을 탱고 스텝으로 풀자는 것일까? 오십이 넘어 탱고 전문 스튜디오를 개설하여 즐겁게 사는 이가 있다기에 찾아왔다.

오늘 공연을 소개해 주시겠어요?

＊ 세계적 마에스트로 쟝삐에로 갈디(G. Galdi)와 로레나 타란티노(L. Tarantino)를 초빙했습니다. 이분들은 탱고계의 세계적 셀럽입니다. 오늘 오후 2시부터 6시까지 강연을 하고서, 또 밤 9시부터 새벽 1시까지 정식 공연을 합니다. 전국에서 탱친(탱고 동호인)이 140여 명 오셨군요.

아미고를 방문한 세계적 마에스트로 쟝삐에로 갈디(G. Galdi), 로레나 타란티노(L. Tarantino)와 함께 포즈를 취한 최윤라 대표(왼쪽에서 두 번째)

여기는 어디인가요?

＊ 이곳은 아르헨티나 탱고 전문 스튜디오 '아미고'입니다. 부산 서면 롯데호텔 뒤편에 위치해 있습니다.

스튜디오에는 밝은 에너지의 사람들이 많았다. 초빙된 마에스트로가 아르헨티나 탱고를 출 때 숨죽이고 보다가 화려한 스텝이 나오면 환성을 질렀다. 다리 놀림이 정말 화려했다. 오늘 만난 이는 아르헨티나 탱고 전문 스튜디오를 경영하고 있는 최윤라(59) 대표다. 이 세계에서는 '라라님'으로 통한다.

서면에 이런 흥미로운 곳이 있는 줄 몰랐습니다, 언제부터 운영해 오셨나요?

✳ 올 5월에 오픈했습니다. 총 85평 정도 규모로 부산에서는 제일이고요, 서울에서도 이 정도 시설은 없을 겁니다. 두 개의 플로어에 탈의실과 DJ 석을 갖추고 있지요. 제가 탱고 수강생을 지도하기도 하고 동호회 사람에게 공유하기도 합니다.

언제부터 탱고를 해오셨나요?

✳ 저는 대학을 졸업한 직후부터 34년 동안 영어를 가르쳤어요. 영어학원장이었죠. 6년 전 탱고를 취미로 시작했었는데, 곧 엄청난 매력에 빠져 2024년에 아예 스튜디오를 개관해 버렸습니다.

영어학원장님이 탱고 스튜디오 경영자로 변신. 흥미롭군요. 탱고는 어떤 매력이 있나요?

✳ 처음엔 그냥 취미였어요. 그런데 할수록 매력이 있더군요. 그

래서 연습장을 만들어 친구들과 연습이나 해 보려고 했는데, 하다 보니 이렇게 커져 버렸어요. 탱고가 은근히 중독성이 있어요. 우선 영어학원을 운영하며 약해진 하체나 허리가 무척 좋아졌어요. 탱고를 하면서 척추 코어가 바로 세워졌고 무릎도 강화되더군요. 신경과민으로 사는 도시인들에게 매우 좋아요. 리듬에 따라 동작하다 보면 엔도르핀과 도파민이 마구 솟는 것을 느낍니다. 예전에 없던 기쁨입니다.

모든 스포츠가 건강증진에 다 좋지 않나요? 탱고만의 특징은 무엇일까요?

＊ 탱고는 '소셜'이란 것이 특징입니다. 독특한 교감이 형성되더군요. 탱친들을 보면 회사원, 교사, 교수, 기업인, 상공인, 공무원 등 정말 다양한 직종에서 옵니다. 자기 분야에만 외골수로 있던 사람들이 타 직종의 사람과 탱고를 매개로 즐거움을 나누는 공동체인 거죠. 실력이 좀 향상되어 '리딩'과 '팔로잉'이 딱 맞을 때 느끼는 감흥은 언어로 표현 못 할 정도예요.

어학에 뛰어났던 그녀는 대학 졸업 후 강사, 교사를 거쳐 유학을 다녀와서 영어학원을 경영했다. 돌이켜보니 영어를 배우고 가르치는 일 모두 적성에 맞아 오로지 그 길로 전진(前進)했다. 그런데 그 전진의 끝점이었을까. 트렌드의 변화를 읽었고 취미로 시작한 탱

고에서 새로운 직업의 가능성을 발견했다. 전진의 끝점에서 시작한 역진(逆進)이었던 듯하다.

30년 넘게 영어만 가르쳐 온 분이 인생 후반전에 탱고 스튜디오를 차렸다니, 선뜻 따라잡기 어렵군요. 어떻게 준비하셨나요?

＊ 사실 저는 오픈 6년 전부터 탱고를 배웠어요. 2019년부터는 주 5~6회 탱고 수업을 듣고 연습을 강

최윤라 아미고 대표가 메인 플로어에서 일요 시니어 클래스를 운영하던 중 함께 강의하던 미카엘과 함께 탱고 엔딩 포즈를 취하고 있다.

화했어요. 실전 밀롱가에도 꾸준히 참석했죠. 서울의 명지대학교가 개설한 아르헨티나 탱고 지도자 과정도 좋았어요. 일요일 새벽 4시에 일어나 서울로 가서 종일 배우고 밤늦게 돌아오곤 했죠. 1년을

꼬박 그렇게 집중했습니다. 일본의 '도쿄 탱고 페스티벌'에 참가하기도 했어요. 그러다 보니 지도자 자격증도 수상 경력도 쌓이게 되더군요.

탱고 스튜디오를 열고 운영하시며 난관은 없었나요?

＊ 왜 없었겠어요. 하지만 경제 논리보다는 사람을 얻는 접근법으로 관계한다는 신념. 그리고 제가 먼저 확신감을 가지는 것이 주변의 지지를 받는 데 중요하더군요. 사업은 결국 사람 관계입니다. 저는 저의 비즈보다 고객의 비즈도 함께 고려하여 절충점을 찾는 자세를 견지합니다. 영어학원을 운영할 때의 그 논리가 여기도 적용되더군요. 세상사는 다 동일한 원칙 위에 움직이는 것 같더군요.

니즈(needs)와 비즈(business)를 함께 고려하는 것이 결코 쉬운 일이 아닐 것 같은데요?

＊ 당연하죠. 절충점을 찾기는 늘 어렵죠. 스튜디오 오픈 후에도 수많은 고객들의 니즈에 부합하려고 조명, 음향, 바닥 등에서 수십 번의 수정 보완을 해왔죠. 저보다 연령대가 훨씬 낮아 세대차를 극복하는 것도 어찌 쉽겠어요? 역지사지하여 사람을 얻으려 하면서 가고 있습니다. 그렇게 하다 보니 비즈도 풀리더군요.

니즈와 비즈를 역지사지로 푼다. 기억하고 싶은 문구입니다. 이

스튜디오만의 특징은 무엇인가요?

＊ 다양한 연령대의 여러 동호회가 스튜디오를 공유하며 교류 화합의 장을 만들고 있다는 점이죠. 특히 50대 이상의 시니어들이 마음껏 아르헨티나 탱고를 즐기고 인맥을 넓힐 수 있는 동호회가 탄생한 장소입니다. 부산지역 탱고 문화의 새로운 역사를 쓰고 있다고 할 수 있습니다. 젊은 시절 영혼을 잃을 정도로 생존을 위해 살아오신 분들도 즐기는 장소 하나쯤은 있어야죠. 현재 중년 회원 중에는 50대 후반이 제일 많고요, 64세가 두 분 계시고 다음 주부터는 70세도 오신다고 등록하셨어요.

최윤라 대표가 영어학원을 경영할 때, 영어권 문화 중 하나인 핼러윈 파티를 하는 날 의상 연출을 해서 찍은 사진

시니어들도 동참하는 탱고 스튜디오라니 더 관심이 갔다. 둘러보면 사실 부산의 오륙십 대가 할 것이라고는 등산이나 바다낚시 정도가 아닌가. 이럴 때 세대 융합의 탱고 스튜디오라니. 이건 부산의 문화가 풍성해진다는 점에서도 좋은 일이다.

그런데 탱고나 살사가 많이 대중화되었긴 하지만 그래도 편견 같은 것은 없나요?

＊ 글쎄요. 간혹 막장 드라마에 탱고가 이상하게 나오기도 하나 봐요. 작가의 무지일 뿐이죠. 실제 보시면 탱고 동호인 만큼 진지한 사람들이 없을 정도로 탐구적입니다. 이게 신체의 모든 근육을 고르게 키워야 하면서도 음악의 리듬을 알아야 하고 또 파트너와 예의를 지켜야 합니다. 종합 실천학문이라고 할 정도로 진지하죠. 의사는 파킨슨 환자를 치료할 때 탱고 춤을 활용하기도 하죠.

자신의 경험에 비추어 은퇴 후를 준비하시는 분들에게 한 말씀 해주세요.

＊ 꿈이 그대를 춤추게 하라고 말씀드리고 싶습니다, 꿈이 없는 삶은 죽은 삶이나 다름없죠. 팔구십이 되어도 꿈이 있다면 가치 있는 삶입니다. 모든 성공한 사람들은 포기하지 않은 사람이었습니다. 꿈을 가지고 선택하고 시작한 일에 대해서는 계속 나아가야 합니다.

인생2막의 사람들은 고민은 많은데, 그래서 그런지 강한 추진력을 보이지 않는 경우도 있어요.

＊ 살아보니 인생에서 이유 없는 여정은 없더군요. 인생 여정을 되돌아보면 항상 어떤 원인이 있었기에 그러한 결과가 생기더군요. 좋은 쪽으로든 나쁜 쪽으로든 그래요. 인생2막의 새출발은 이에 대

한 성찰도 필요한 것 같아요. 한편 배움에는 끝이 없어요. 평생 배우고 싶은 것을 끊임없이 배우다 보면 거기에서 추진력을 얻게 되기도 합니다. 배우면서 추진력을 얻되 '론다(Romda)'를 잘 지켜 넘어지지 않고 스텝을 밟아가는 지혜가 중요할 것으로 생각합니다.

최윤라는 어떤 유형으로 인생 역주행을 하고 있을까? 탱고에 비유하자면 스스로의 꿈을 정확히 하는 한편, 사람 관계에서는 절충점을 만듦으로써 스텝 꼬임을 관리하는 사람 같았다. 영화 〈여인의 향기〉에서 알 파치노는 말한다. "탱고는 스텝이 꼬이기 마련이지만 꼬이면 다시 시작하면 된다. 인생도 그렇다." 한편 영화 〈쉘 위 댄스(Shall We Dance)〉에는 또 다른 명언도 있다. "스텝이 꼬인 후의 자세가 더 중요하다. 부딪힘이 일어나면 사람들의 주목을 받게 된다. 그때 잘 수습하면 오히려 더 좋은 점수를 받는다. 인생도 그렇다." 오륙십을 살아내면서 인생 스텝이 꼬인 사람들이 많다. 아미고에서 인생 역진을 시도해 보면 어떨까.

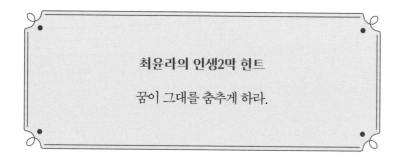

최윤라의 인생2막 힌트

꿈이 그대를 춤추게 하라.

아르헨티나
탱고

◇ 탱고(Tango)는 19세기 말 아르헨티나의 부에노스아이레스와 라보카 지역에서 시작되었다. 이곳에는 유럽과 아프리카 지역의 이민자들이 많이 거주했다. 그러니 탱고는 애초 하층민들의 체념적인 감정과 라틴음악의 격정이 융화되어 만들어졌으나 유럽으로 건너가면서 중산층의 사교춤으로 발전했다.

◇ 전 세계적으로 탱고 인구가 느는 가운데 1980년대에 '부에노스아이레스 국제 탱고축제'가 개최되어 세계인의 춤이 되었다. 매년 8월에 개최되는 이 축제에 공연자 1,000명, 방문자가 50만 명이 몰려든다고 한다. 우리나라에는 2000년대에 들어 탱고가 들어왔다.

◇ 탱고는 함께하는 춤이지만 무엇보다 자신의 성장과 치유를 위한 춤이다. 파트너의 부족한 점을 지적하기보다는 자신에게 집중해야 한다. 시계 반대 방향으로 큰 원을 그려 돌면서 추는 걸 의미하는 론다(Ronda)를 지켜야 한다. 이때 앞뒤 사람에게 부딪히거나 방해가 되지 않도록 춰야 한다.

10년
퇴직 10년 전부터 준비하라

도자기 문화 전문작가 조용준

성공 인생을 논할 때 핵심은 즐거움이 아닐까 싶다. 현재 잘하는 일보다는 본인에게 즐거운 일을 찾아 하는 것. 특히 나이 들수록 이 기준은 중요해진다. 그래서 젊은 시절 의무감에 의해 안정된 직장을 다닌 이도 이모작 땐 생각을 달리 품으려 한다. 문제는 전환이 쉽지 않다는 데 있다. 경제 요인을 고려해야 하고 전문성도 뒷받침되어야 한다. 존재의 터전과 인연이 맞아 주어야 한다. 그래서 인생은 늘 고민인데, 이번에는 이를 격파하며 존재감을 보여주는 이가 있어 만났다.

자신을 소개해 주시겠어요?

＊ 저는 작가이자 인문학 강사, 문화여행 도슨트입니다. 국립중앙박물관을 비롯해 전국의 박물관 미술관 등에서 '도자기 문화사'에 대해 강연하며 글을 쓰고 있습니다.

조용준 작가에게 엄청난 문화적 충격을 안겨주어 도자기 문화 전문작가의 길로 입문하는 계기를 준 사마르칸트 레기스탄의 틸야 코리 마드라사(Tilya-Kori Madrasah) 내부. 티무르 제국(1647-1659년) 때 조성됐는데, 중앙아시아의 이런 타일 문화가 중동과 북아프리카를 거쳐 유럽 이베리아반도에 상륙해 오늘날 스페인과 포르투갈의 독특한 타일 벽화 문화를 형성했다고 한다.

책도 많이 출간하셨더군요.

＊ 모두 15권을 냈죠. 2011년 『펍, 영국의 스토리를 마시다』(컬처그라퍼, 2011)와 『프로방스 라벤더 로드』(컬처그라퍼, 2011)와 같은 '여

행인문학' 서적을 시작으로, 특히 도자기 주제 책을 7권 집필했습니다.

7권의 도자기 관련 책은 어떤 것인가요?

＊ 2014년부터 『유럽 도자기 여행』(도도) 동유럽, 북유럽, 서유럽 편 3권을, 2016년부터는 일본 도자기 여행 『규슈의 7대 조선가마』(도도, 2016) 『교토의 향기』(도도, 2017), 『에도 산책』(도도, 2018)을 출간했습니다. 2019년에는 한국 도자기의 메카라 할 수 있는 경기 이천시 의뢰를 받아 『이천 도자 이야기』(도도, 2019)를 출간했습니다.

제23회 대한민국 청자공모전 대상을 받은 중견작가 최수진의 작품을 앞에 세우고 찍은 조용준 작가의 도자기 관련 저서들

이번에 만난 사람은 조용준(63) 작가다. 그는 이제까지 세계 60여 국가를 여행하며 그만의 세상 문물 독해법을 익힌 사람이다. 현재

글을 쓰거나 강연을 하며 도자기 문화 분야에서 독보적 아성을 구축했다는 정평을 받고 있다.

도자기 문화에 대해 일가를 이루셨다는데 어떤 계기로 시작하셨나요?

✳ 직장생활 중이던 2006년이었어요. 우즈베키스탄에 출장을 갔는데 역사가 깊은 도시 사마르칸트(Samarkand)에서 정말 엄청난 충격을 받은 게 계기였어요.

어떤 충격이었나요?

✳ 사원과 무덤, 마드라사(옛 교육기관) 등 대형 건물의 외벽과 실내가 온통 타일로 장식되었더군요. 생전 처음 보는 모습에 엄청난 문화충격을 받았어요. 그 신비한 푸른색의 아름다운 타일들이 어디서 온 것인지, 왜 그런 문화가 생겨난 것인지 너무 궁금했습니다.

그래서 어떻게 하셨어요?

✳ 전례 없는 탐구심이 생겼는데 국내에는 관련 자료들이 거의 없더군요. 해외 저술과 논문을 하나하나 톺아보았죠. 결국 전 세계 도자기 문화에 대해 눈을 뜨기 시작했고, 유럽으로 전파된 '세라믹 로드'의 비밀과 도자기 문명 교류사를 깊이 천착하게 되었습니다. 한번은 일본 NHK 방송 다큐멘터리에서 포르투갈의 타일 문화를

보게 되었는데, 그게 사마르칸트와 닮았다는 생각이 들어 중앙아시아 타일 문화가 유럽 이베리아반도의 타일 문화와 연계되어 있을 것이라는 가설을 세울 수 있었어요. 저는 어떠한 방법으로 유럽으로 전파됐는지 본격 연구했죠. 1년이 넘는 공부 끝에 그 비밀과 아시아 타일 문화가 유럽으로 전파된 '세라믹 로드'에 대해 깊이 알게 되었어요. 또 포르투갈과 스페인 쪽의 현지답사에서 타일이 유럽의 도자 문화와 깊이 연관되어 있음을 알고서 유럽과 동양의 도자 문명 교류사를 본격 연구하기도 했었어요.

그러면 해외 현장에 매우 많이 다녔겠군요.

＊ 유럽의 거의 모든 도자기 공장과 박물관, 미술관을 방문했습니다. 책 도판 사진을 직접 찍어야 해서 유럽은 대략 13개 국가, 60여 도시를 구석구석 다녔죠. 일본도 50회 이상 갔습니다. 제가 유럽과 일본 도자기를 가장 많이 본 사람일 겁니다.

인생일모작 때 그렇게 하셨다는 거죠? 젊은 시절의 직장이 좋았나 봐요?

＊ 대학 졸업 후 언론사에 들어갔어요. '시사저널' 창간 멤버, '주간동아' 편집장으로 일했지만 45세 이전에 그만두어야겠다고 늘 다짐했어요. 문필가의 삶을 동경했기 때문이죠. 언론사에 다닐 때는 본격적으로 글을 쓰기 위해 아내에게 알리지도 않고 사표를 냈

는데, 인세만으로는 생활이 되지 않더군요. 할 수 없이 2004년에 다시 재취직을 하기도 했었습니다. 한국지능정보사회진흥원(NIA)이라는 조직인데, 한국을 IT 선진국으로 만든 정부 기관입니다. 저는 개발도상국 IT 공무원을 초청해 연수 시키는 부서의 팀장으로 일했습니다.

작가가 되고 싶었던 그는 바쁜 기자 생활을 정리했으나 가장으로서 책임감 때문에 다시 공공기관 연구원으로 자리를 옮겼다. 한국지능정보사회진흥원에서 담당한 'IT 외교관' 역할은 보람된 일이었다. 하지만 출장 중 '필'이 꽂혔던바, '도자기 문화'를 필생의 탐구 주제로 삼고 계속 천착했다. 그리하여 2021년 퇴직할 때까지 업무 외 모든 시간을 바쳐 도자기 탐구 여행을 하며 책을 집필하는 데에 정열을 쏟았다. 생활인으로서의 안정성과 꿈을 키우는 양자겸전 자세를 견지한 것.

작가님은 인생일모작 때의 직업을 100% 활용하여 인생 후반기 과제랄까 궁극적인 인생 과제를 해결하신 경우이군요. 그러나 직장 생활 중 집필활동을 하셨으니 힘들었겠어요.

＊ 많은 공부와 자료 조사가 뒷받침되어야 했기에 지구력이 절대 필요했습니다. 직장 일과 병행은 결코 쉽지 않았죠. '내돈내산' 탐사 경비도 만만치 않았고, 현재 하는 일이 보상받을 수 있을지 미래에

대한 불안도 끊임없이 저를 괴롭혔죠.

그런 때는 어떻게 하셨나요?

＊ 탐사경비는 인세로 충당할 수 있어 그나마 다행이었죠. 무엇을 하면 여생이 보람될지 아무리 생각해도 도자기 문화 작가의 삶이 해답이더군요. 그 일이 정말 즐거우니까 나중에 보상이 적더라도 괜찮다고 불확실성의 불안감을 달랬죠.

그리하여 도자기 문화의 독보적인 분이 되셨는데 자기님의 인생 이모작의 성공 요인은 무엇인가요?

＊ 저의 경우 젊은 시절 기자로서 현지 취재 및 사실을 확인하는 것에 있어 몸에 밴 습성이 많이 도움 되었습니다. 도자기 공부는 실제 봐야만 의문이 풀리는 부분이 많아 현지에 가서 직접 눈으로 보고 확인을 하고, 또 직접 사진을 찍어 이를 책에 녹여 내야 합니다. 저는 그것이 가능했습니다. 그리고 어떻게 들릴지 모르겠지만 저의 '무모함'이 좋은 결과를 만들었다고 생각합니다. 저는 도자 문화를 전공하지도 않았고, 미술사를 배우지도 않았으며, 더구나 기자 생활의 대부분을 정치부에서 보냈더랬습니다. 그럼에도 불구하고 정말 무모하게 도자 문화라는 거대한 영역에 도전했습니다. 그런데 제가 유럽과 일본의 거의 모든 미술관과 박물관을 돌아다니며 공부할 때는 '내가 얼마나 무모한가'라는 자의식은 없었고, 그저 행복하

기만 했었죠. 제가 하고 싶은 것, 즉 작가가 되기 위해 아내와 의논하지 않고 기자를 그만둔 것도 사실 '무모함'이죠. 무모했지만 이것이 크게 보면 일을 이루는 추진력이 되었습니다.

일을 무모하게 하지 말라는 것이 일반적인 교훈인데 놀라운 말씀이군요(웃음). 인류 역사에서 도자기 문화는 어떤 의미가 있나요?

✳ 인류 문화접변에는 실크로드와 티로드가 있지만 '세라믹 로드'도 있습니다. 도자기는 깨지기 쉬워서 대부분 육로가 아닌 바닷길로 운송했기에 해양문화사에서 아주 중요하죠. 도자기를 모르면 17~20세기 유럽 역사를 제대로 이해할 수 없습니다. 유럽 왕정사 중심에 도자기가 있습니다. 한국은 청자, 백자 타령만 계속 되뇌면서, 일본이 도자기를 통해 국가를 번성시킨 문화 저력을 통찰하지 않으려 합니다. 일본 부국강병을 만든 메이지유신 성공에는 도자기가 정말 중요하게 작용합니다. 유럽 미술사에 끼친 영향도 지대합니다. 스페인과 포르투갈인의 삶에서 떼어놓을 수 없는 타일 문화의 기원은 바로 페르시아입니다. 글로벌 도자기 시장에서 한국은 왜 자취가 사라졌을까요? K-푸드를 담는 K-도자기 혁명이 절실합니다.

제가 볼 때는 인생일모작기의 직장을 잘 활용하여 후반기 업을 성공적으로 경영한 사례입니다. 인생후반기를 준비하는 독자들에게 한 말씀 해주세요.

조용준 작가가 국립중앙박물관에서 도자기 문화사를 강의하던 중 수강생들과 함께 찍은 기념사진

＊ 인생이모작은 불광불급(不狂不及), 즉 '10년은 미쳐야 미친다'는 이야기를 드리고 싶습니다. 제가 국립중앙박물관에서 강의 요청이 온 것은 『유럽 도자기 여행-동유럽』을 출간(2014년)하고 나서 8년 만의 일입니다. 그런데 유럽 도자기와 일본 도자기 시리즈를 연속으로 출간하지 않았다면, 그런 일이 일어나지 않았을 겁니다. 한 주제에 10년은 미쳐서 집중해야 성과가 일어납니다. 그리고 '선택과 집중'은 정말 중요합니다. 도자 문화는 많은 이들이 관심 갖는 보편적 주제가 아니지만 앤티크와 그릇을 좋아하는 가정주부들에 의해 큰 시장이 형성되었고, 그렇기에 각종 불확실한 정보들이 인터넷에서 떠돌아다니고 있죠. 저의 책은 유럽 도자기와 그릇을 알고자 하는 많은 여성들의 호기심과 지적 욕구를 만족시켜 주는 것이죠. 저는 주제에 집중했고 먹혀든 것 같아요.

앞으로는 어떤 활동을 하실지 궁금하군요.

＊ 국립중앙박물관에서 2022년부터 42차례 강연을 했지만, 더 많은 대중과 소통하고 싶습니다. '중국 도자기 여행', '세라믹 로드사' 집필도 필생의 소원입니다. 중국은 약 37개 도시를 탐사해야 합

니다. 문제는 경비와 치안입니다. 후원자를 찾는 중입니다.

　사람의 내면에는 여러 자아가 있다. 있는 그대로의 '현실 자아', 사회 규율에 영향받는 '당위적 자아', 본인이 되고 싶어 하는 '이상적 자아'이다. 심리학자 토리 히긴스(T. Higgins)에 따르면 행복한 사람은 세 자아 중에서 현실 자아와 이상적 자아의 관계를 특히 소중히 돌본다고 한다. 미래에 되고 싶은 자기의 이상적 모습이라는 나무에 햇빛과 물을 많이 준다는 것. 당위적 자아는 조금 소홀히 해도 된다는 것인데, 조용준이 대단한 점은 생활인으로서 당위적 자아를 외면하지 않으면서 현실 자아를 이상적 자아에 잘 인도한 점이다. 그러기에 그가 말하는 '최소 10년의 불광불급' 교훈은 직장인들에게 그만큼 혁혁한 살아있는 인생 교본이 되고 있다.

 조용준 작가 블로그
https://m.blog.naver.com/digibobo

조용준의 인생2막 힌트

인생이모작, 최소 10년은 참고 미쳐라. 그래야 미친다.

열정
청년 정신으로 치솟아라

동양화 화백 안창수

인간의 잠재 능력. 이건 정말 가늠하기 힘든 것 같다. 여기 정년퇴직 후 내면의 꿈틀거리는 예술성을 뒤늦게 일구어 또다시 비상하는 이가 있다. 그는 육십 평생 몰랐던 소질을 우연히 알게 되었는데 평생을 연마하던 사람 이상이다. 설파(雪波) 안창수(79) 화백. 그는 어떻게 하여 내면의 보석을 뒤늦게 찾게 된 것일까? 어떻게 하여 잠재 능력을 이토록 영글게 할 수 있을까? 경남 양산에 있는 작업실을 방문한 날, 선생과 앉은 자리에는 평생의 내조자 권민자 여사도 함께 했다.

책이 매우 많아 여느 화가의 작업실과 다르군요.

＊ 천 권이 넘습니다. 80% 이상이 중국 그림서입니다. 15%가 일본 책이고요. 두 나라에서 귀국할 때 그림의 이론도 계속 공부하기 위해 가져온 것입니다. 화가는 그림만이 아니라 철학과 이론에도 일가견이 있어야 합니다.

정년퇴직 후 시작하셨다고 들었습니다.

안창수 화백이 그가 즐겨 그리는 호랑이 그림을 그리고 있다.

＊ 저는 젊은 시절 부산고, 연세대를 나와 한국수출입은행을 다녔습니다. 2003년 58세에 정년퇴직을 하고 대우조선 고문을 끝으로 쉴 겸 고향 양산으로 왔죠. 우연히 시작해 지금 20년이 넘었네요.

안창수 화백은 금융기관을 정년퇴직 하고서 본격 화가의 길을 걷는 사람이다. 그런데 지금까지 20여 년 동안 그의 성취는 아무리 봐도 예사롭지 않다. 퇴직 후 시작한, 평범한 사람으로는 도저히 도달할 수 없는 대가의 경지를 보이고 있다. 그의 이야기를 더 들어보자.

해외에서 상도 많이 받으셨는데 지금도 해외 활동을 하시나요?

✱ 저는 중국, 일본에서 여러 가지 상을 많이 받았죠. 중국에서는 중화배전국서화예술대전 금상 등을 받았고 일본에서는 일본전일전 준대상 등을 받았지요. 현재 일본전국수묵화미술협회 무감사, 국제중국서법국화가협회 이사로 활동하고 있습니다.

정년퇴직 후 시작하셨으니, 지금까지 짧은 세월 대가의 경지에 도달하셨는데 어떻게 시작하신 건가요?

✱ 퇴직 후 저는 고향 양산에 와서 이곳저곳 소요하며 평범하게 지냈습니다. 불교와 유교 경전을 읽기도 하고 붓글씨를 하기도 했죠. 그러다가 닭띠해가 왔기에 닭 그림을 그려보았는데 아, 사람들로부터 칭찬을 많이 받았어요. 심지어 어떤 지인들은 중국으로 가서 정식으로 배우면 대성할 것이라는 말까지 하더군요. 마음이 솔깃하여 동의대학교의 한 교수님으로부터 정보를 받아 중국 절강성 항저우로 갔죠. 항저우 중국미술대학교는 중국 남종화의 본산이거든요.

그 나이에 평생 하지 않던 분야를 공부하는 유학이라니 놀랍군요. 중국에서는 어떻게 공부하셨나요?

＊ 저는 은행 다닐 때 해외 출장을 많이 다녔어요. 그래서 해외에 나다니는 것에 대해 거부감이 없었고 그래서 가보자는 결심을 쉽게 할 수 있었지요. 그런데 대학에 도착했으나 머리가 허연 사람을 이상하게만 보더군요. 그래서 이곳저곳을 일주일 정도 기웃거리기만 했는데, 여차저차하여 결국 인사하게 된 한 교수에게 휴대폰에 담겨둔 저의 그림을 보여줬죠. 그랬더니 등록일을 살짝 넘긴 날인데도 미술대에서 운영하는 외국인 전문코스에 등록할 수 있게 해주더군요. 천운이었습니다.

무작정 부딪히고 본 것이군요. 가족 없이 혼자서 가신 거죠? 60이 넘어 낯선 땅에서 힘들지 않았나요?

＊ 제가 한번 하면 지극히 몰입합니다. 애초 6개월 정도 공부하려 했지만, 그냥 빠져들어 2년 동안 두문불출하게 되더군요. 아파서 살이 10㎏나 빠지고 했어도 목적의식이 워낙 강해서인지 고생스럽단 생각은 전혀 들지 않았습니다. 오히려 즐겁기만 했어요. 그리고 또 담당 교수께서도 저에게 늘 격려를 하셨지요. 예를 들어 '청나라의 대표 화가이며 서예가인 금농(金農)은 50여 살 때 시작해 경지에 올랐고, 미국 최고 민속화가 그랜드마 모지스(A. M. R. Moses)는 78세에 시작해 101살까지 1600여 작품을 그린 국민화가가 되었다'는 이

야기를 해주셨죠. 주변에서 저를 응원하는 분위기가 많았기에 마음 흔들릴 틈이 없었습니다.

대화를 해보니 안 화백은 목표를 잡으면 좌고우면하지 않는 타입 이었다. 그는 2년을 꼬박 좁은 기숙사, 학교 식당, 강의실만을 오갔 다. 오전에는 수업을 듣고 오후부터는 빈 강의실에서 밤늦게까지 몰입했다. 하루 종일 붓을 쥐고 그림을 그리다 보면 손에 쥐가 나고 목과 몸이 굳어버리기도 했단다. 그는 오직 건강만을 돌보며, 아니 건강까지도 뒤로 두고 그림에 몰입했다.

그렇게 배운 성과가 있었겠 지요?

＊ 네, 성과가 있었지요. 본격 적으로 시작한 지 6개월 만에 닭 그림으로 중국 호모배 외국 인 전국서화대전에서 입선했 죠. 수여식이 우리나라 KBS에 해당하는 중국 CCTV에 방영 되었어요. 그다음 해에는 호랑 이 그림으로 임백년배 전국서 화대전 1등상, 독수리 그림으

중국에서 첫 수상한 사실을 보도한 잡지 표지

로 중화배 전국서화예술대전 금상을 받았습니다. 그러다 보니 어느 틈엔가 2년이 지났더군요. 낯선 땅에서 그림을 배우기 시작하며 저의 길에 대한 확신도 가질 수 있었던 2년이었습니다. 그래서 가족들에게 미안했지만, 이왕 하는 김에 뿌릴 뽑자고 생각했죠.

뿌릴 뽑는다고요? 어떤 의미인가요?

✱ 일본으로 향했습니다. 일본은 동양화에 있어서도 국제적 교류가 더 활발하죠. 한국의 동양화는 중국으로부터 들어왔지만, 그림을 배우던 그 당시 한국에는 중국에서 공부한 사람은 거의 없었지요. 동양화이기 때문에 저는 한·중·일 3개국에서 인정받고 싶었어요. 중국에서 공부하고 2007년 일본으로 갈 때 눈물이 엄청나게 났어요.

왜 눈물이 난 건가요?

✱ 중국화를 공부한 제가 다시 채색과 기법이 다른 일본화를 공부할 수 있게 된 거죠. 감격의 눈물이었어요. 그 눈물은 저를 교토조형예술대학에서 다시 치열하게 공부할 수 있게 해주더군요. 그 덕분에 저는 전일본수묵화수작전에서 예술상과 준대상, 그리고 한국인으로는 처음으로 외무대신상을 받는 등 여러 공모전에서 10개정도의 상을 받았어요. 2011년에는 일본 수묵화 교육용 화집에 저의 작품이 실렸을 만큼 인정을 받았어요.

그는 이렇게 그 짧은 기간에 돋보이는 사람이 되었다. 이 정도라면 우리는 비범함을 생각하게 된다. 도대체 나이 60에 시작했는데 동양화의 본향인 중국과 일본에서 그토록 많은 상을 휩쓸다시피 하다니. 그는 과연 처음부터 비범한 사람이 아니었을까?

작가님 스스로 생각하실 때 자신의 어떤 점이 그렇게 비범함을 이끌어 내게 했을까요? 젊은 후배들은 작가님에게서 무엇을 배울 수 있나요?

＊ 글쎄요. 이론을 이야기할 수는 없지만 저의 경험을 말씀드릴 수는 있습니다. 저는 어릴 때 미술에 관심이 있었지만 평범한 추억일 수 있는 정도였을 겁니다. 사람은 예술만이 아니라 무엇을 하건, 기본 재능이 있어야 합니다. 재능이 있으면 빠르게 성장하죠. 저에겐 잠재 재능이 있었던 것은 사실인 것 같아요. 그러나,

그러나…, 무언가가 더 보태어져야 하겠죠?

＊ 네, 재능만 가지고는 안 됩니다. 집념과 불굴, 꾸준한 실천이 핵심입니다. 중국에서 공부할 때는 대상포진에 걸려 엄청나게 고생했습니다. 그러나 아내가 한국에서 약을 가져오는 등 고생하면서도 2년 동안 잠자는 시간 외 모든 시간에 그리고 또 그렸습니다. 말하자면 재능의 정도를 벗어날 만큼의 노력을 했었던 것입니다. 그리고 62세에 일본에 갈 때는 유학비용이 없더군요. 할 수 없이 노후

준비용으로 마련해 둔 부동산을 처분하기도 했었죠. 높은 성과는 깊은 집념과 노력의 소산입니다. 재능과 스승은 방향을 제시해 줄 수 있지만 본인이 노력해야 두각을 나타내는 경지에 갈 수 있습니다.

선생님의 기질도 영향을 미쳤겠죠? DNA가 천재성을 뒷받침하면서 독특한 화풍으로 연결되었겠군요.

✽ 당연하죠. 외유내강형의 저는 머뭇거리지 않습니다. 정사역천 (靜思力踐). 제게는 깊이 생각하되 벼락같이 행동하는 기질이 있습니다. 저의 내면에 60년 동안 모른 채 깊이 박혀있던 그림 재능은 중국으로 번개같이 날아가 밥 먹고 자는 시간 외 모든 시간을 매진하는 저의 기질에 의해 비로소 빛을 본 것이죠. 저는 붓놀림이 아주 빠릅니다. 제가 그동안 20회의 개인전을 했는데 모두 그 영향입니다.

앞으로 꿈은요? 은퇴하는 후배들에게 한 말씀 해주세요.

✽ 세계 무대에 가서 한국화의 진수를 보여주고 싶습니다. 사군자 위주로 정체된 감이 있는 우리나라 수묵화에 변화를 일으키고 싶습니다. 은퇴하시는 분들은 다시 도전하는 청년의 삶을 살기 바랍니다. 앞으로도 30년 이상 세월이잖아요. 호기심을 가지고 뛰쳐 나가야죠. 정사역천(靜思力踐)이란 말이 있습니다. 퇴직을 앞두고 있을 때 앞으로 무엇을 할 것인지 먼저 깊이 있게 모색하셔야 합니다. 그리고 목표가 정해지면 그때부터는 모든 힘을 다해 실천해야 합니다.

안창수 화백의 그림(54x69cm)
牡丹爭紫紅 富兼尊貴態 將添仁者壽 苔石置叢頭(목단쟁자홍 부겸존귀태 장첨인자수
태석치총두)
자주빛 붉은빛 다투어 피니 부귀에 존귀함이 더해진 자태. 장수의 뜻을 더하려 이끼 낀
돌을 곁에 두었네.

　　안 화백은 2017년 개봉한 영화 '박열'에도 출연한 적 있다. 은퇴
후 열정이 더 솟아났다. 인생이모작기에 들어 일모작 때보다도 더

비범한 성취를 이루는 사람들이 있다. 이들의 공통점을 보면 모두 자신의 재능에 엄청난 노력이 보태어졌기 때문이었다. 노력이야말로 흙 속의 보석을 끄집어내는 가장 분명한 열쇠였다. 안창수 화백의 그림은 수묵을 바탕으로 하지만 일반 동양화와 다르다. 일단 채색을 입혀 밝고 화려하다. 전통적인 남종 문인화에 있는 운필과 채색법에 서구적인 조형법 같은 터치가 융합되어 있다. 또한 호랑이, 독수리, 닭 그림으로 중국에서 상을 휩쓴 적 있는 그의 그림은 모두 기가 세고 오묘하다. 그의 화폭 속에 담긴 기운은 곧 인생2막 출발자의 미혹함과 주저함까지 단박에 부숴버릴 기세다.

안창수의 인생2막 힌트

정사역천(靜思力踐), 무엇을 할 것인지 깊이 있게
모색하라. 그 후엔 모든 힘을 다해 실천하라.

목표
연금 수령액을 확보하고 '제2의 한강'이 되어라

추리소설 작가 김세화

은퇴기에 접어들면 생각이 많아진다. 특히 가지 않았던 길에 대해 생각날 때가 많다. 세상에는 살아온 길과 가지 못한 길이 있다는데, 살아내느라 가지 못했던 길이 다시금 생각나는 것. 시인 로버트 프로스트(R. Frost)는 "숲은 아름답고, 어둡고, 깊다. 하지만 지켜야할 약속이 있어, 잠들기 전에 가야 할 길이 있다. 잠들기 전에 가야할 길이 있다."고했지만, 살아온 방식에 익숙한 우리는 막상 가보지 못한 길 챙겨 떠나기 쉽지 않다. 대구의 한 카페. 오늘은 인생이모작기에 들어 그 못 가본 길, 미지의 길 챙겨 진군하는 이를 만났다.

안녕하세요? 자신을 소개해 주시겠어요?

＊ 저는 추리소설 작가 김세화입니다. 2019년 가을 추리작가로 등단한 신인입니다.

정년퇴직 후 시작하셨다고 들었습니다. 젊은 시절 어떤 일에 종사하셨나요?

＊ 저는 33년 동안 방송기자 생활을 했습니다. 지난 2021년 9월 대구MBC에서 보도국장을 마지막으로 퇴직을 했습니다.

김세화 추리소설 작가가 자신의 서재에서 포즈를 취했다.

이번에 만난 사람은 방송기자로 평생을 살아온 추리소설 신인 작가 김세화(62)다. 그는 언론인으로서 지역사회 여론의 중심에 있으면서도 마음 한쪽에는 못 가본 길에 대한 아쉬움이 늘 있었다 한다.

그래서 온전히 일모작을 마친 지금 가슴에 묻어뒀던 추리소설 작가의 길을 걷고 있다.

지금 신인 작가이지만 벌써 상도 많이 타셨더군요?

＊ 2019년 단편추리소설 「붉은벽」으로 '계간 미스터리 신인상'을 수상했습니다. 그리곤 퇴직을 하던 2021년에는 장편 추리소설 『기억의 저편』(몽실북스, 2021)으로 '한국추리문학상 신예상'을 탔습니다. 그다음 해는 2022년 단편 추리소설 「그날, 무대 위에서」로 '한국추리문학상 황금펜상'을 수상했습니다. 그리고 그러한 상과는 별개로 2023년에는 장편소설 『묵찌빠』(책과나무, 2021)를 출간했고, 2024년도에는 세 번째 장편 추리소설 〈타오〉(나비클럽, 2024)도 출간했습니다.

김세화 기자가 대구MBC 주간 시사토론 프로그램 〈시사톡톡〉을 연출하면서 진행자로 활동하던 때의 모습

일반인에게 추리소설은 알 듯하면서 정작 잘 모르는 분야입니다. 어떤 소설인가요?

＊ 순수문학 소설과는 다르죠. 의문의 사건이 발생하고 난 뒤 주인공 등 인물들이 추리를

통해 사건을 해결해 가는 형식의 소설입니다. 심리소설, 공포소설, 스릴러소설, 오컬트, 스파이소설, 무협소설 등과 함께 장르소설로 알려져 있습니다. 요즘은 젊은이들에게 인기인 웹툰도 추리소설을 근간으로 만들어지기도 하죠. 나름 마니아층이 톡톡히 형성되고 있습니다.

천만 관객이 봤다는 영화 '파묘'도 그러한 종류인가요?

＊ 파묘는 오컬트(Occult)에 속합니다. 초자연적 현상 즉 음양사, 귀신 등이 현실 속에 등장하면서 영적인 사건이 전개되는 영화죠. 고도화되는 과학기술 시대에 장르소설이나 오컬트가 폭발적 관심을 끄는 자체가 현대성의 특징입니다.

집필 중인 추리소설도 영화나 드라마로 제작될 것을 염두에 두고 있나요?

＊ 그렇지 않습니다. 저는 재미나 흥행을 추구하기보다 현실에 기반한 사건에 대해 논리적으로 추리함으로써 범죄의 진상을 밝히는 이야기를 좋아합니다. 그럼으로써 독자들에게 인간의 진실을 생각하게 하는 의도죠. 그러나 좋은 추리소설 중에는 흥행으로 연결되는 것도 있죠. 추리소설 사례는 아니지만, 정지아 작가의 '아버지의 해방일지'처럼 작품성과 대중성을 다 만족한다면 최고입니다.

살아갈 날이 긴데 가정 경제에 도움 되지 않는다면 문제 아닌가요? 재무적인 부분은 따로 준비 해놓으신 건가요?

＊ 언론계 출신은 퇴직 후 갈 곳이 많지 않습니다. 다소 의외로 들릴 것입니다. 그런데 은퇴 후에도 지속적인 수입은 절대 필요하죠. 저의 경우 글을 쓰고 싶은 욕구가 너무 강해 안 쓰면 너무 허무할 것 같았는데, 그런 한편 수입을 위해 글을 쓰면 내 인생을 잃어버릴 수 있다고 생각했습니다. 궁리 끝에 저는 퇴직 10년 전부터 연금으로 노후를 지낼 수 있도록 준비했습니다. 아내와 함께요. 지금 생각해도 그건 잘했던 구상이었습니다.

그의 은퇴 후 재무 대책은 연금이었다는데 우리나라 연금에는 국민연금, 개인연금, 퇴직연금, 주택연금 등이 있다. 퇴직 10년 전부터 부부가 함께 전략적으로 이들을 계획했다면 만만찮은 수준일 것으로 보인다. 막상 은퇴 준비기의 사람들이 놓치는 부분이다. 참고로 독자들은 국민연금공단 홈페이지의 '내 연금 알아보기'에서 자신의 연금 수령액을 확인할 수 있다.

은퇴 후에는 '경제활동은 하지 않는다. 추리소설을 쓰는 작가로만 살겠다'고 미리 결심하셨던 거로군요.

＊ 저의 인생이모작의 활동은 돈이나 성공이 아니라 즐기는 것이란 원칙을 정했죠. 원래는 소설가가 꿈이었습니다. 그런데 사실 보

도를 위주로 하는 기자 생활을 오래 하고 보니 정통 문학 형식의 문장을 완전히 잃어버렸어요. 그 대신 인간의 어두운 면을 많이 접했고, 그래서 사건 이면에 있는 인간의 다층적 심리를 분석, 추리함으로써 진실을 밝히는 것에 더 쏠리게 되더군요.

추리소설 작가를 왜 꿈꾸었는지 이해가 됩니다. 그러면 퇴직 후 추리소설 작가가 되기 위해 엄청난 노력을 하셨겠군요.

　＊ 네, 만만한 일이 아니었어요. 퇴직하기 10년쯤 전부터 슬슬 습작 활동을 시작했습니다. 5년 전에는 본격적으로 소설 쓰기 공부도 하고 추리소설 습작을 했지요. 특히 한국추리작가협회가 주관한 '여름추리학교'에 다니며 치열하게 준비했죠. 그러다 다행스럽게 퇴직 2년 전인 2019년 가을에 '계간 미스터리'에 단편 추리소설 「붉은 벽」이 실리면서 추리작가로 등단할 수 있었어요. 너무나 기뻤습니다. '내가 죽으면 이 책을 관 속에 넣어 함께 화장시켜 달라'고 유언할 정도였습니다.

책을 관 속에 넣어 화장을 해달라고 할 정도로 의미 있는 성과였군요.

　＊ 저는 고교 시절 이후 소설가의 꿈을 단 한 번도 잊은 적이 없습니다. 저는 진짜, 소설을 쓰지 않으면 죽을 것 같았어요. 저의 인생에는 두 개의 폴더랄까 주머니가 있었죠. 한 개의 폴더가 언론인으

로서 삶이었다면 다른 한 개는 소설가였습니다. 최근까지 언론인으로 활동해 왔고 가족들도 잘 건사했으니, 인생 후반부에는 저의 또 다른 폴더를 가꾸려고 했죠. 그런데 퇴직 전 그런 상을 받았으니 대단히 기뻤던 겁니다.

그는 필생의 꿈을 위해 고독한 혼자만의 여행을 해왔던 것 같다. 흔히 인생의 전반기는 가족을 위해, 후반기는 본인을 위해 살아야 한다는 이야기가 있다, 김 작가가 딱 맞는 사례였다. 그는 부모님의 기대에 따라 좋은 직장에 갔고, 또 참한 여인을 만나 가정을 꾸리고 아이를 낳고 길렀다. 이렇게 한 세대주로서 의무를 다했던 한 사내가 이제, 인생 후반기에 들어 자신만의 필생의 길을 가고 있는 것. 설명하는 동안 기세가 강렬했다.

지금까지 단편 일곱 편, 장편 세 편(『기억의 저편』, 『묵찌빠』, 『타오』)을 발표하시던 중에 등단 5년 이하 작가가 발표한 장편 추리소설을 대상으로 선정하는 신예상을 타시고, 단편 추리소설 중에서 선정하여 시상하는 황금펜상도 받으셨는데, 자기관리를 잘하셔야겠어요. 어떻게 하시나요?

＊ 평소 건강관리에 관심을 많이 가집니다. 항상 컴퓨터 모니터를 바라보며 읽고 쓰다 보니 눈이 침침해지고 목 디스크로 인한 통증이 자주 발생합니다. 겨울철엔 감기 몸살이 잦아지고요. 눈과 척

추가 매우 중요하다고 생각해서 매일 1만 보 이상 걷고, 일주일에 한 번은 팔공산을 6시간 이상 걷습니다.

좋은 글을 쓰는 전략도 있겠죠?

＊ 당연하죠. 사실 돌이켜보니 적어도 20년 전에 등단했어야 했습니다. 쓸데없이 많이 놀았다는 생각도 합니다. 그러나 지금이라도 독서를 많이 하고 있죠. '고전읽기모임', '대구근대연구모임' 같은 곳에 다니며 인문학을 공부합니다. 이곳은 오래전부터 제겐 창작의 원천입니다. 소설 속의 서사에 활용하기 위해 인물, 옷차림, 장소의 특징을 꼼꼼히 관찰하는 여행도 즐깁니다.

앞으로 꿈은 무엇인가요?

＊ 저는 장편 추리소설 열 권 이상, 단편 추리 소설집 두 권 이상을 죽기 전에 발표한다는 인생목표를 설정했습니다. 글 쓰다 힘들 때는 진작 시작했어야 했다는 생각이 들 때도 있습니다. 그러나 레프 톨스토이(L. Tolstoy)는 명작『부활』을 일흔이 넘어서 발표했어요. 인간과 구원에 대한 그 높고 지극한 통찰은 노년기의 깊은 사유에서 나온 것이죠. 저는 80세 이상까지 활동하는 세계적인 베스트셀러 작가가 되고 싶습니다.

인생이모작을 준비하는 독자에게 인생 힌트 하나 주시겠어요?

＊ 경제활동을 할 필요가 없다면 인생 후반전에 소설 쓰기는 참 좋은 활동입니다. 만일 하고 싶은 일을 하면서 남은 인생을 살고 싶다면, 그리고 그것이 돈 버는 일이 아니라면 '검소하게 살기', '연금 수령액 늘리기'를 훨씬 전부터 생활화하십시오. 인생 후반전에는 다른 사람 시선은 신경 쓰지 말고 하고 싶은 일 하고 살기 바랍니다. 저의 도전이 새로운 길을 두고 망설이는 사람에게 용기가 되면 좋겠습니다. 이래저래 건강은 중요합니다.

한이 한국추리작가협회장은 '글을 쓰고 지면에 발표한다는 것은 내밀한 상처와 은밀한 욕망을 대중에게 낱낱이 드러내는 것. 누군가를 죽이는 것보다 어려운 일'이라고 했다. 추리소설을 왜 쓰냐고 물어본 필자에게 김세화 작가는 "인생이 허무하지 않기 위해서"라고 하더니 곧 "안 쓰면 죽을 것 같아서"라고 했다. 그에게 글쓰기는 곧 목숨 걸고 길을 나선 행위. 이 결연한 자세 때문인지 그에게 상을 준 백휴 등 심사위원들은 그의 소설을 두고 '소재의 강렬함과 범죄의 독창성으로 범행을 촘촘히 구성할 뿐 아니라 인물의 심리적 동기에도 서사적 답변을 잘 제공한다', '서사에 힘이 있다'고 했다. 현재의 기세라면 감성이 풍부한 전 세계 독자들이 그가 만드는 논리적 유희의 장에 몰려들어 왁자지껄 즐기는 날도 머지않은 것 같다.

국민연금공단 홈페이지
www.nps.or.kr

김세화의 인생2막 힌트

타인의 시선은 신경 쓰지 말라, 건강관리 잘하면서
자기가 하고 싶은 일을 하라.

연금 상식

◇ 은퇴를 준비할 때 다음과 같은 연금제도를 잘 활용한다면 매우 도움이 된다. 각 가정에서는 소득공백을 넘거나, 더 윤택한 생활을 하기 위해 부부가 자신들의 현재 소득과 연금을 복합적으로 디자인하여 활용할 필요가 있다. 아래와 같이 연령 별로 운영 가능하다.

• 즉 65세의 남자의 경우 현재 직장 소득 + 국민연금 + 1차 직장의 퇴직연금
• 80세의 남자의 경우 국민연금 + 1차 직장의 퇴직연금 + 개인연금 + 주택연금

종류	내용
공적연금	• 공무원·군인·별정 우체국·사학연금과 같은 특수직역 연금, 민간 회사원이 18세 이상이면 의무적으로 내는 고용보험에 속하는 국민연금을 말함 ① 특수직역 연금: 공무원연금, 사립학교 교직원 연금, 군인연금이며 보험료율이 17% 수준 ② 국민연금: 국가가 국민들의 노후생활을 위해 (半)강제적으로 가입하도록 마련한 제도로써 가입 기간이 10년 이상이면 물가상승에 비례하여 수령 가능하며 보험료율은 9% 수준

	- 직장인이 아닌 전업주부도 '임의가입'을 하여 10년 이상 납입하면 국민연금 대상이 될 수 있음 - 국민연금의 '노령연금'은 본인의 출생 연도에 따라 수령할 수 있는 나이가 다름(1961~64년생은 63세, 1965~68년생은 64세, 1969년 이후 출생자는 65세부터 수령 가능) △ 납입기간 연장: 만 60세가 지나도 '임의계속가입'을 신청하여 계속 납입하면 연금수령액을 늘릴 수 있음(2024년 2월 기준 51만 명에 달함) △ 수령일 조정: 본인이 원하면 최장 5년 앞당기거나 연기하여 수령할 수 있음 - 보험료율이 9%로써 생활에 충분치 못하기 때문에 퇴직연금, 개인연금으로 보완하여 준비할 필요 있음
퇴직연금	• 기업이 직원의 노후를 보장하기 위해 운영하는 연금 - 확정급여형: 퇴사 직전 3개월의 평균월급 × 근속연수 - 확정기여형: 기업이 연간 임금총액의 1/12을 근로자에게 주면 근로자가 알아서 적립금을 운영하는 제도 • 퇴직급여를 일시금으로 수령하지 않고 연금계좌(연금저축, IRP)에 이체한 다음 55세부터 연금으로 수령하여(퇴직 소득세 30~40% 감면) 혹시 발생한 퇴직 후 소득절벽 상황에 대비할 수 있음
개인연금	• 개인이 민간은행에 가입하는 노후대비용 제도로 '연금신탁', '연금보험', '연금펀드'가 있음
주택연금	• 살고 있는 집을 은행에 담보로 맡기고 매월 연금을 받는 방식이며, 부부 중 연장자가 55세 이상이고 주택 공시가격이 12억 원 이하이면 신청할 수 있음

도전
무난하게 지내는 삶이
제일 위험하다

트로트 신인가수 김용필

인생 중년이 된다는 것. 경륜이 쌓이는 것이지만 실상 살아온 방식에 매몰된다는 의미도 있다. 젊었던 시절 주어졌던 길로 돌이킬 수 없이 치닫게만 된다는 것. 인생 전환의 용기는 드라마 속 이야기일 뿐. 그대로 있기엔 불만족스러우나 새로운 도전을 하기엔 나이가 무겁다. 그런데 여기 빅 체인지, 드라마처럼 역주행을 보여준 이가 있다. 목하 가요계 트로트 열풍에서 혜성같이 등장한 남자다. 대구 공연장에서 백바지를 입은 그를 만나보니 키가 훤칠한 조각 미남이라는 생각이 들었다.

대중 공연 몇 번째인가요? 데뷔하시고 공연도 많이 하셨는데 어떠신가요?

＊ 경연대회 중 기장의 해동용궁사를 방문하였는데 사람들이 저를 알아보셔서 좋았습니다. 공연 횟수를 일일이 기억 못 하지만 작년 1월 5일 '미스터트롯2' 방송을 통해 대중들에게 알려진 이후 지금까지 100여 차례는 공연한 것 같네요. 제게는 좋은 경험이면서도 버거웠기도 해요. 잘 버텨냈다는 생각도 하고 있죠(웃음).

가수 김용필이 노래를 부르며 대중과 소통하고 있다. 그는 가수 데뷔후 지난 1년 동안 100회 이상 콘서트 공연을 해왔다.

어디엔가 보니까, 노래가 주는 힘과 재미를 알겠다고 하셨더군요. 무슨 뜻인가요?

＊ 저의 팬카페를 보면 저의 노래를 듣고 생활의 의미를 찾으셨다는 분, 불면증이 치료되었다는 분들이 계시더군요. 처음엔 저도 믿지 않는데, 암 환자로 판명되었던 분이 완치된 것도 2건이나 나왔어요. 이러한 분들이 제가 전국적으로 콘서트를 다니면 줄줄이 오세요. 이를 보면서 아, 노래는 마음이다, 진심이다는 생각이 들더

군요. 기교가 아닌 거죠. 이렇게 요즘은 노래가 가진 치유의 힘을 여실히 깨닫고 있습니다.

이번에 만난 사람은 한 방송국에서 하는 '미스터 트롯' 노래경연 대회에서 깊은 인상을 남긴 사람, 가수 김용필(49)이다. 그는 무대에서 "경연에 출연하지 않으면 평생 후회할 것 같다"며 자기를 소개하고서 가수 최백호의 '낭만에 대하여'를 불렀다. 그리곤 단숨에 대중의 마음을 사로잡았다. 훤칠한 외모, 세련된 무대 매너, 그리고 낭만을 일으키는 보이스가 대단했다. 인터뷰하는 날도 공연장에 전국에서 몰려 온 여성 팬들이 야단이었다.

그렇게 시작한 도전이 이제 돌이킬 수 없는 상황까지 왔군요. 만족하시나요?

✳ 글쎄요. 만족한다는 거…. 그건 산술적으로 말하긴 어렵고, 계속 만들어 갈 뿐입니다. 한순간이라도 연습을 게을리하면 대중들은 금방 눈치채죠. 늘 연습해야 하지만 무대에서는 너무 많이 생각하면 안 되죠. 일종의 골프와 같아요. 생각이 많으면 어깨에 힘이 들어가는 것과 같죠. 저는 단순해지려고 합니다. 본질에만 집중하려고 합니다.

적은 나이가 아닌 신인이신데, 가수 데뷔 전엔 무엇을 하셨나요?

＊ 저는 지난 20여 년을 시사 리포터, 방송 진행자, 성우, 경제TV 앵커 등 방송인으로 활동해 왔습니다. 가수 경연대회 직전까지는 매일경제TV〈내 주식을 부탁해〉앵커를 했어요.

아주 잘나가던 방송인이 40대 중반에 왜 이렇게 빅 체인지를 하셨나요?

＊ 방송인 생활 중 13년간은 MBC〈생방송 오늘 아침〉리포터로 활동했습니다. 2006년 MBC 연기대상 특별상 TV 부문 리포터 상을 받기도 했어요. 하지만 마음 한편에는 제가 소비되고 있다는 생각이 항상 있었어요. 이게 방송의 특성이기도 하지만 어쨌든 세월을 보낸 만큼 저에게 뭔가가 쌓여야 하는데 그때그때 끝나버린다는 아쉬움이었죠.

그래도 막상 전환하기 쉽지 않잖아요. 가수가 젊은 시절의 꿈이었어요?

＊ 가수가 인생 목표는 아니었습니다. 워낙 어려운 영역이기 때문입니다. 다만 음악을 듣고 부르는 것이 좋아서 라디오 DJ 등으로 영역을 확대해 보고 싶은 생각은 있었어요. 음악을 좋아했고 또 진행자로서 경험을 쌓았으니 정말 잘할 수 있을 것 같았거든요.

그러면 음악 보컬 연습은 하시지 않았나 봐요?

✽ 공개적인 연습이나 활동은 하지 않았고요. 단지 제가 음악동호회에 다니고 있었는데, 그곳에서 보컬 레슨을 받기는 했어요. 그런데 작년에 한 방송사에 의해 트로트 경진대회가 시작되자, 지인들로부터 경연에 참가해 보라는 권유를 많이 받았습니다. 그래서 어떻게 참가하다 보니 여기까지 와버렸습니다. 제 인생에 드라마 같은 일이 벌어진 거죠. 지금은 '가수가 내 팔자인가 보다'라고 생각하고 있습니다.

직업사회학에서는 사람들에게 직업을 택할 때는 먼저 자아인식을 정확히 하라고 한다. 자아는 환경 속에서 잠재되거나 강화되는 등 다변적 모습을 보이기도 하는데 이를 확실히 인지하라는 것이다. 그런데 이 직업 자아인식에는 두 가지 방법이 있다. 하나는 자신의 내면의 소리를 조용히 스스로 듣는 것. 다른 하나는 타인의 눈에 비친 자신의 모습을 수용하는 것. 김용필은 후자를 통해 인생 전환에 신념을 실은 것으로 보인다.

주변의 지인들이 도움을 많이 주셨나 봐요?
✽ 많이 주셨어요. 노래를 함께 즐긴 사람들도 있고요, 예전에 제가 도와준 것을 잊지 않고 제가 보컬 레슨을 받을 수 있도록 지원해 준 인연도 있어요. '그 정도면 충분히 승산이 있을 것'이라며 저에게 용기를 준 인연들도 많았습니다. 이 오랜 인연들이 경연 도전 과정

에서 큰 힘을 발휘하더군요.

그래도 인생 중년에 가수로 전환이라니, 막상 쉽지 않았을 것인데 실력은 어떻게 다듬었나요?

✱ 경연에서 하루 100명씩의 오디션 과정을 거쳐 나중에 119명이 첫 방송을 타게 되는 등 점차 좁혀가더군요. 저는 접수를 한 이후 경연이 끝날 때까지 하루 5시간에서 9시간씩 노래 연습을 했습니다. 그러다 보니 실력 성장을 확연히 체감할 수 있겠더군요. 평소의 연습도 중요하지만, 실전을 거듭할 때 성장한다는 말이 과연 맞았어요. 그렇게 한곳에 집중해 본 적이 또 언제 있었나 싶어요.

실력도 다듬고 인기를 관리해야 하는 등 어려움이 많을 것 같은데 특히 어떤 어려움이 있나요?

✱ 제겐 아직 극복해야 할 것이 많습니다. 노래를 인정받지 못하면 어쩌나 하는 불안과 두려움이 있습니다. 중년에 인생 전환을 했는데 무명 가수처럼 살아선 안 되죠. 노래가 마음만큼 따라주지 않았을 때의 마음도 무겁죠. 무대 위에 적응하는 것은 무대 뒤에서 연습할 때 하고는 천지 차이거든요. 인정받기까지의 길을 헤쳐 나가야 한다는 것 자체가 난관입니다.

듣고 보니 갈 길이 멀군요. 어떤 노력을 하시나요?

노래 '사내의 밤'을 부르고 있는 가수 김용필의 모습

＊ 가수의 길로 들어선 이상 제대로 흔적을 남기고 싶습니다. 그래서 무엇보다 기본기를 익혀 집중력을 키웁니다. 무대 위에서의 집중력은 기본기가 탄탄해야 나올 수 있기 때문입니다. 그리고 실전에서 느끼는 감정과 경험을 그냥 흘려보내지 않습니다. 후회스러운 상황까지도 아프지만 되짚어 보며 계속 연습합니다. 일정이 없는 날은 종일 연습실에서 노래를 부르며 깨달음을 찾아가는 시간을 보냅니다. 아내, 중학생 딸과 함께하는 시간이 줄어 미안하지만, 그나마 내 노래를 통해 위안을 삼으셨다는 그 무대를 다시 보며 자칫 잊혀질 수 있는 그때의 감정과 확신을 거듭 떠올리며 길을 잃지 않으려 합니다.

노력을 한다고 다 정상에 오르지 않는다. 하지만 노력 없이는 정상에 갈 수는 없다. 그는 늦게 시작하였기에 기본기를 단단히 하는 노력이 절실하다고 판단하였단다. 대중이 자신의 노래에서 위안을 얻었다는 공연을 반복해 다시 보며 그때의 감정과 확신을 거듭 떠올리며 마음의 길을 잡기도 한다는 것.

힘드실 수도 있지만, 데뷔하자마자 전국 공연에 따라다니는 팬그룹이 형성되었으니 성공적인 인생 전환 아닌가요?

✻ 대개 나이가 들어갈수록 새로운 일을 시작할 때 두려움이 있죠. 그런데 저의 내면의 모습과는 다르게 저를 보면서 힘을 얻는 분들이 많이 계시더군요. 경연에서 저의 도전을 지켜봐 주셨던 분들이 저를 보고서 힘을 얻었다는 말씀을 많이 해요. 저 자신도 경연을 준비하면서 '하면 되는구나', '나이가 들어도 얼마든지 내가 몰랐던 가능성을 찾을 수 있구나'하는 용기를 얻곤 하는데, 이런 저의 모습에 어떤 대중은 공감하며 용기를 얻는다고 하시데요. 저의 인생 전환이 대중들에게 힘과 용기가 된다고 하시니 더없이 감사한 일입니다.

이제는 이렇게 전국을 다니며 공연도 계속하시니 전문 가수인데, 아무래도 경연에 나갈 때와 다른 어떤 각오도 있으시겠군요.

✻ 그렇긴 하지만 저는 아직 성공하지는 못했습니다. 그나마 감사하게 첫발을 내디딜 뿐입니다. 사실 요즘은 늘 새로운 경험의 연

속입니다. 무대 자체가 주는 긴장감이 있는 가운데 가수로서 제가 나만의 색깔을 어떻게 보여드릴 것인가를 항상 고민하고 있죠. 예전에 앵커와 리포터로 활동할 때의 정체성과 아예 다른 것이라 고민도 되는 겁니다. 그러나 저는 '파도가 쳐야 인생이다. 고요한 바다는 재미가 없다'는 좌우명을 가지고 있죠. 즐겁게 나아갑니다.

앞으로 어떤 노래를 부르는 가수로 기억되고 싶으신가요?

＊ 현재 '낭만연가', '좋은 사람 만나도 돼요', 그리고 작곡가 박선주 씨로부터 받은 '사내의 밤'이란 제 노래로 대중들과 호흡하고 있습니다. 지난번에 가수 최백호 선생님께서 "힘들더라도 오랫동안 계속 가야 한다. 이제 시작이다."라고 하시더군요. 너무나 힘이 되었습니다. 앞으로 저만이 가진 음성의 힘으로 대중들에게 진득한 울림을 드리고 싶습니다.

독자들은 가수님의 삶에서 어떤 좋은 힌트를 받을 수 있을까요?

＊ 사람들은 나이가 들수록 살아온 내 모습에 매몰되어 새로운 시도를 두려워하게 됩니다. 저는 그런 상황에 직면한 분들에게 '내가 가진 잠재력은 무엇일까?'를 항상 생각하라고 권하고 싶습니다. '너 자신을 알라'고 합니다. 과연 우리는 우리 자신의 잠자고 있는 능력에 대해서 제대로 알고 있을까요? 무모하자는 것이 아니라 그 능력을 찾기 위한 시도는 해볼 만한 가치가 있다는 겁니다.

인터뷰 글을 정리하면서 그의 노래 3곡을 반복해 들어보았다. 그의 노래는 심각하지 않으면서도 깊이가 있다. 따뜻하고 마음이 어루만져지는 느낌이다. 위로받고 싶어 하는 사람들이 많은 시대에 참 좋다. 외로운 사람들, 사랑을 나누고 싶은 사람들에게 이 같은 가수가 있음은 얼마나 큰 축복인가? 그런데 40대 후반에 새로운 인생의 페이지를 시작하는 김용필에게는 매우 도전적인 기질이 있다. 그는 항상 스스로 파도에 부딪혀 받은 자극에 동기부여를 일으키고 그럼으로써 더 발전하고 싶어 한다. 무난하게 지내는 삶이야말로 제일 위험하다고 생각한단다. 살펴보니 이 기질이야말로 그의 원천이다. 오늘도 그의 심장에는 항상 위로 치솟으려는 검붉은 불잉걸이 이글거리고 있다.

김용필의 인생2막 힌트

당신 안의 잠자는 능력을 일깨워라. 시도하라.

4부

인정승천(人定勝天)

운명 그 이상의
경지를 향해 내딛다

정성

유비무환 정신으로 실천하라,
책을 읽어라

BS그룹 박진수 회장

　살다 보면 기회가 온다고 한다. 어떤 이는 한 번은 온다고 하고, 어떤 이는 세 번은 온다고 한다. 그런데 세상살이 좀 경험하고 보니 그 말은 맞지 않은 것 같다. 기회는 한 번이나 세 번이 아니라, 스스로 하는 만큼 오가는 것이 아닌가 싶다. 이번에는 '기회'에 대해 좀 더 생각해 볼 수 있는 특별한 사람을 만났다. 그는 기회를 계속 만들어 온 사람이다. 인생이 이렇게 '어메이징'할 수 있다니 들을수록 놀라웠다. 그를 찾아 방문한 부산시 남구 황령산 기슭에는 신록이 무성했다.

들어오면서 본 시니어 재활시설이 매우 넓군요.

＊ 이곳은 '해피케어하우스'라는 재활주간보호센터입니다. 지상 3~4층 2개 동을 연결한 연면적 2,590㎡의 이 복합타운은 재활주간보호, 방문요양, 준프라이빗 노인요양시설이 포함된 유니트 케어 센터입니다. 부울경 지역에서 최고의 시설이라고 자부합니다.

듣기로는 이 센터 외에도 매우 많은 사업체를 가지고 계시다더군요.

＊ 준비하는 것까지 쳐서 8곳의 시니어 전문센

박진수 회장이 부산 남구에 설립한 재활주간보호센터인
'해피케어하우스'에서 포즈를 취하고 있다.

터를 운영 중입니다만, 자산운용사, 투자전문회사, 의료법인 등을 다 합하면 저는 10개의 회사를 경영하고 있습니다. 200여 명의 직원들이 수고하여 연 300억 원 이상 매출이 나고 있습니다.

　이번에 만난 사람은 부동산자산운용사인 'BS그룹'의 박진수(58) 회장이다. 10개의 회사를 운영한다고 했는데 명함에는 법학, 경영학, 건축공학 분야에 3개의 박사학위가 적혀 있다. 3개의 박사학위에 10개의 회사를 경영하다니, 한 사람이 도대체 가능한 것인가 의문하면서 인터뷰를 시작했다.

　회사를 언제 창업하셨나요? 이렇게 많은 기업을 경영하시다니 부친으로부터 물려받은 건가요?
　＊　저는 일본에서 직장을 다니다가 2000년에 귀국하여 회사를 설립하기 시작했습니다. 모두 제 맨손으로 일궈 낸 사업체들입니다.

　사람들은 경제가 어렵다고 하소연하는 가운데 이렇게 기업을 일구시다니, 회장님에게는 어떤 특별한 '기회'가 있었는지, 기회를 살리는 생활을 하셨는지 궁금하군요.
　＊　저는 일본의 동경외대를 1990년에 졸업하고서 노무라증권에 입사했습니다. 그곳에서 10년 동안 전문 지식을 쌓으며 4,000억 원 이상을 운용하는 해외부동산 담당 수석 펀드 매니저로 활동했습니다. 1992년부터는 연봉과 인센티브를 합하여 한국의 부동산 경매에 조금씩 참여했는데 재산이 모이더군요. 그러던 중 정말 제게 예

기치 않은 인생의 전환점이 오더군요.

　막대한 재산을 모을 수 있었던 전환점인가요?

　✻　네, 우연히 재직하고 있던 노무라에서 만든 한국의 IMF 외환 위기를 예측하는 보고서를 접했어요. 저에겐 매우 설득력이 있었기에, 저는 즉각 은행에 둔 예금을 찾고 부동산을 팔았습니다. 그리고 또 외화를 매수했습니다. 그런데 좀 있으니 아니나 다를까 정말 한국에 IMF 외환 위기가 오더군요.

　네, 그렇게 되었군요. 그래서 어떻게 하셨어요?

　✻　1998년 이후 한국 경제가 구조조정기에 들어가자, 저는 2배 이상의 환차익을 남기고 외화를 매도했지요. 그 자본으로 한국의 경매나 미분양된 부동산을 계속 싸게 구입했고, 이런 과정에 저는 자본은 점점 더 늘릴 수 있었습니다. 그리고 2000년경에는 결국 전문경영자의 꿈을 안고 노무라를 나와 한국에 회사를 설립했습니다.

　그는 노무라에 입사하여 부동산을 깊이 있게 담당하고 있었다. 그러던 그가 접한 한국의 외환위기 예측 보고서는 정말 엄청난 정보였다. 그런데 대개 사람들은 가치 있는 정보라 할지라도 수많은 정보에 묻혀, 읽고, 넘겨버린다. 그런데 그는 정보에서 힌트를 얻었고, 힌트를 인생기회로 연결시켰다. 비범한 사람은 정보에서 극단

적 기회를 알아채는 사람이 아닐까? 어쨌든 그의 비범성은 그 뒤에
도 계속 발휘된다.

귀국하여 회사를 설
립하셨군요. 어떤 회
사인가요?

＊ 원룸을 짓는 부
동산 회사입니다. 저
는 그 당시 트렌드를
집중적으로 해석했습
니다. IMF 외환위기
영향으로 회사를 나오

박진수 회장이 재활주간보호센터 및 노인요양시설의 간
부 직원들과 회의하는 장면

게 되는 퇴직자나 실업자가 어떤 라이프 스타일을 취할 것인지, 어
떤 생각으로 살 것인지를 분석했죠. 저는 그들을 대상으로 2억~4
억 원 정도의 자본으로 안정된 수익을 창출할 수 있는 부동산이 정
답이라고 판단했습니다. 그리고는 제가 일본 유학 때 살던 원룸에
서 힌트를 얻어 한국에 원룸을 짓기 시작했습니다.

원룸이라고요? 큰 시작이라고 느껴지지 않는데요. 어느 정도 규
모였나요?

＊ 2000년부터 2008년까지 8년 동안 전국에 3,000동을 지었습

니다. 전체 약 5만 세대가 입주하는 규모였습니다. 신축 기념 고사를 하루 2~3곳에 지낼 정도로 과감히 추진했었죠.

　3,000동이라니 믿을 수 없는 규모와 실천력이군요.

　＊ 단위 건물은 좀 작은 규모로 했습니다. 왜냐하면 트렌드를 파고들며 공부하던 중 한국도 일본처럼 인구는 줄고 세대수는 늘어나는 식의 소규모 가정 혹은 '난 혼자 산다' 식의 문화로 간다면 원룸이 대세가 될 것으로 판단했기 때문입니다. 그런데 스몰 사이즈 콘셉트는 적중했습니다. 원룸을 신축하고 매매나 임대를 통해 자본을 돌렸는데, 어떤 때는 부동산 공인중개사 사무소 법인을 개설하여 전국에 27개의 프랜차이즈 지점을 운용했습니다. 총 400여 명의 직원이 활동했지요. 당시 수수료로 번 돈만 해도 1년에 중소기업의 1년 매출 이상이었습니다. 중국에도 2002년부터 2007년까지 원룸 등에 투자하여 많은 수익을 벌고 나온 적이 있습니다.

　결국 지금 한국에 붐이 일어난 원룸 형식의 주거 공간은 이렇게 그가 일으켰다고 보면 되겠다. 부는 평생을 두고 쌓이기보다는 '물 들어왔을 때 집중적으로 쌓인다'는 말도 있다. 그가 그랬다. 원룸 건물 한 동에 2억 원 정도 이익을 남겼다고 가정하면 3000동을 건립했다고 하니 8년 동안 대략 자본금을 6,000억 원 이상을 굴렸다는 계산이다.

일반인의 시각으로는 도저히 따라잡을 수 없는 추진력이군요. 현재 사업체가 10개라고 하셨는데 어떤 식으로 운용되고 있나요?

✳ 저는 마음의 기둥인 어머니를 몇 년 전 잃었습니다. 어머니는 제게 '지식을 지혜로 바꾸는 사람이 세상을 이끈다'고 하시며 제게 늘 독서를 하게 하시고 트렌드를 공부하게 하셨습니다. 인생의 갈림길에서는 늘 '행복'을 중심에 두어야 한다고 말씀하시던 어머니입니다. 별세 후 마음의 공허감을 가지고 지내다 보니 시니어 사업이 눈에 보이더군요. 그러니 저는 원룸 사업에서 교육 사업으로, 지금은 부동산 자산운용과 요양병원, 준프라이빗 시니어 복지사업으로 영역을 확대하며 자산을 관리하고 있습니다.

어떻게 드라마 같은 그런 성공이 가능한가요? 난관은 없었나요?

✳ 난관은 없었습니다. 난관이 있을 이유가 없습니다. 그것은 아마 제가 유비무환(有備無患)을 좌우명으로 실천해 왔기 때문입니다. 저는 동경외대를 유학한 이후 지금까지 3시간 이상 자본 적이 거의 없습니다. 매일 15시간 이상을 공부하고 일해 왔습니다. 항상 책과 보고서를 읽고서 미리 대비를 해왔습니다. 그러니 난관은 미리 방지되었던 것입니다.

그가 노무라에 입사했을 때는 일본인들이 한국인을 많이 무시하기도 했다. 당시에는 우리의 국력이 취약했던 탓이다. 심지어 정규

직원인 그에게 일도 주지 않았다고 한다. 그때 그는 월급 받는 도리는 해야겠다 싶어 자원하여 한동안 묵묵히 화장실 청소를 도맡아 했다. 이 모습을 목격한 높은 간부가 그가 속한 부서장을 나무라며, 그가 원한 부동산 쪽으로 이동시켜 일하게 해주었다. 일이 안 주어진다고 자원하여 화장실 청소를 하며 자기를 컨트롤했다는 일화는 그의 인생관이 얼마나 투철한지 엿보게 한다. 어쨌든 그렇게 시작한 부동산 일이 지금의 그를 만들었다. 새옹지마(塞翁之馬) 인생사는 알 수 없긴 하지만, 그가 그릇과 결심이 다른 사람인 건 확실하다.

회장님은 제가 만나본 사람들 중에서 인생의 기회를 잘 활용한 대표적인 분입니다. 인생의 기회에 대해 특별히 생각해 보셨나요?

＊ 기회는 사람으로부터 옵니다. 저의 유학도 그랬습니다. 저는 서울대를 합격했지만 어머니와 함께 살고 싶어 부산에 살아야 했고, 그래서 동아대로 진학했습니다. 진학 후 후회를 많이 하던 중 한 일본어 선생님으로부터 일본 유학을 권유받았어요. 저는 이것저것을 만회하는 데 좋다고 생각했습니다. 그래서 노력한 끝에 1985년 국비 유학생으로 일본을 갔죠. 이것이 저의 터닝포인트이자 인생기회였습니다. 노무라 입사도 그랬어요. 철학 교수님으로부터 제가 부동산사업을 하면 크게 성공할 것이라는 말씀을 들었습니다. 그래서 교수의 꿈을 접고 노무라증권에 입사했고 지금의 성공으로 연결된 거죠. 저의 삶을 회고해 보니 저는 주변 사람들이 주는 힌트를 놓

치지 않고 실천하여 인생기회로 확장해 왔더군요.

　두 번의 큰 터닝포인트를 말씀하시는군요. 인생을 살면서 기회를 기회로 아는 방법, 기회를 살리는 핵심 방법은 무엇인가요?

　＊ 독서입니다. 변화의 시대에는 지식으로 무장되어 있어야 기회를 알아채게 됩니다. 또 기회를 기회로 만들게 됩니다. 모르면 손가락 한 개 분량의 일도 할 수 없지요, 하지만 공부를 하면 다섯 개는 물론이고, 다섯 개 손가락 사이 공간에도 손가락을 키울 역량을 만들어 낼 수 있게 됩니다. 저는 저의 사업에 있어서 필요한 지식이 분야로 치자면 법, 건축공학, 경영학, 사회복지학이더군요. 그래서 세 분야에 박사학위를 땄죠. 사회복지학 박사 코스에 등록한 적도 있습니다. 그 외에도 저는 140여 개의 민간자격증 공부를 해왔습니다. 알아야 기회를 알아차립니다.

　그가 읽은 가장 감명 깊은 책은 일본에서 출간된 『人間經營(인간경영)』이라고 한다. 필자는 인터뷰를 시작할 때 그의 관상이 너무 좋아 "관상이 참 좋군요"라고 했는데, 아니나 다를까, 그는 젊을 때 좋은 관상을 가지기 위해 3년 동안 어딜 가든지 주 1회는 꼭 절에 가서 석가모니 부처님 전에서 기도를 했다고 한다.

앞으로의 꿈은 무엇인가요?

＊ 앞으로는 부동산 자산운용 사업에 AI 기술을 도입하려고 합니다. 그런데 그보다는 부자가 되고 싶은 꿈은 이미 초과해 이루었으니 세계 100대 도시를 다니며 한 달씩 살아보기를 해 보고 싶습니다. 저의 버킷 리스트입니다.

집무실에 앉아서 사업 기획을 하던 중 카메라에 시선을 준 박진수 회장

인생 후배들에게도 한 말씀 해주세요.

＊ 후배들에게는 독서를 강조하고 싶습니다. 책 속에 돈, 명예, 권력이 다 있습니다. 책을 읽으며 지식을 자기만의 용어로 된 지혜로 바꾸어보세요. 그리고 매사에 정(精)과 성(誠)을 다하는 삶을 살기를 바랍니다. 옛 어른들은 온갖 힘을 다하려는 진실되고 성실한 마음

이란 뜻의 정성이란 용어를 사용하면서도, 경우에 따라 정과 성을 각기 떼어서 말하기도 했습니다. 그만큼 정과 성, 글자 하나하나 큰 개념이었죠. 부디 매사에 정과 성을 다해서 미리 준비하며 실천하시기 바랍니다.

    박진수 회장은 삶의 목표가 분명하고 그만큼 사업 감각이 날카롭다. 그 덕분에 지금은 개인 자산규모가 수천억 원에 달할 것으로 추정된다. 그를 보면서 사람의 일생에는 전환점이 있다는 생각이 들었다. 진부한 현실을 걷어차고 비상하는 지점이다. 미국 경영학계의 전설로 칭송받는 하버드 경영 대학원 스티븐슨(H. Stevenson) 교수가 인생의 성공을 위해서 제일 강조하는 것이 바로 전환점이다. 정보를 찾아 읽으며 낌새를 알아채고, 그곳에서 기회를 포착한다. 그리고 그 기회를 살려 몇 번의 전환점을 밟는다. 그러다 보면 우리는 어느 틈엔가 원하는 삶에 다가가 있는 자신을 발견하게 된다. 그 성공 인생의 밝은 길에 박진수 회장이 최고의 모델이 되고 있다.

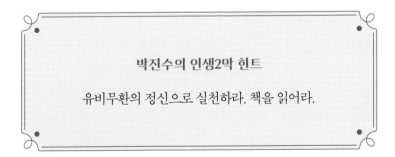

박진수의 인생2막 힌트

유비무환의 정신으로 실천하라. 책을 읽어라.

운명
넘지 못할 운명은 없다

탈북민 출신 통일연구원 조현정 박사

인간의 운명은 무엇으로 결정될까? 명리학자들은 태어난 연·월·일·시의 사주(四柱)로 설명하지만 영향이 큰 다른 요인이 있다. 바로 태어난 시대·국가·부모이다. 여러 경우를 볼 때 개인의 운명은 이 프레임 속에서 거의 결정되지 않나 싶다. 그런데 이 모든 것을 당사자가 스스로 선택할 수 없음이 참 아이러니한데, 이 중에서 국가를 바꾸며 가혹한 운명을 부수어버린 사람이 있다. 죽음을 불사하고 북한을 탈출한 여성이다. 우리는 서울역 토론방에서 이야기를 나누었다.

최근 북한의 한 병사가 남한으로 귀순했더군요. 선생도 탈북민 신분이시죠?

＊ 기초 의식주가 위협받는 북한의 상황이 더 나빠지는 것 같습니다. 저는 2003년에 가족과 함께 남한으로 온 탈북민 조현정입니다. 벌써 21년이나 지났군요.

조현정 박사가 통일연구원의 연구실에서 찍은 사진이다. 벽에는 그녀가 마음에 담고 있는 글귀로 '학문의 세계와 배움에는 끝이 없기에 즐거운 마음으로 끊임없이 도전한다'는 의미를 담고 있는 학해무변(學海無邊)의 서예 액자가 걸려있다. 왼편 벽에는 웃음을 잃지 않고 불굴의 삶을 개척하는 모습에서 삶의 롤 모델로 삼은 '빨간 머리 앤'의 그림이 걸려있다.

오늘 만난 이는 탈북민 조현정(49) 박사다. 그녀는 현재 우리나라 평화통일 정책을 연구하는 국책 연구기관인 통일연구원에서 일하고 있다. 그녀는 인생이모작기의 자기 운명을 어떻게 개척하고 있을까? 비밀의 빗장을 열어보자.

통일연구원에서 일하고 계시군요. 국책연구원으로서 비밀정보도 많이 다룰 것이고, 관련 분야 박사학위자들의 선망의 대상이기도 합니다. 어떻게 일하게 되셨나요?

✳ 2024년 1월부터 통일연구원에 출근하기 시작했습니다. 저는 남한으로 와서 대학원을 다녔고 북한학 석사 및 교육학 박사학위를 받았습니다. 마침 탈북민 출신 박사를 공채한다는 이야기를 듣고 응모해 저도 일할 수 있게 되었습니다.

북한에서 어떤 계기로 탈북하셨던 건가요?

✳ 굶주리는 삶을 벗어나기 위해서였습니다. 북한은 심각한 경제 위기로 인해 배급시스템이 붕괴되던 때가 있습니다. 1995년인데 그때 이른바 '고난의 행군'이 계속되면서 아사자가 속출하기 시작했습니다. 그래서 저는 굶어 죽겠다 싶어 22세인 1997년 처음으로 두만강을 넘었습니다. 당시만 해도 태어나서 살던 북한을 완전히 떠난다는 생각은 하지 않았어요. 단지 중국에 가서 돈을 벌어와 집도 사고 장사 밑천을 만들려는 생각뿐이었죠. 말하자면 생계형 탈북이었습니다. 그런데 중국에 가니 세상이 별천지라서 너무나 놀랐었습니다.

별천지라서 놀라요?

＊ 북한에는 매체가 조선중앙TV 하나밖에 없었기에 외부 세상을 전혀 몰랐습니다. 그런데 중국에 가보니 한국, 미국 드라마와 영화가 많더군요. 정말 믿을 수 없는 별천지의 세상이 있었어요. 어떤 날 연길시에서 붉고 노란 네온사인을 보며 지난 세월 속고만 살아왔다는 생각에 정신이 번쩍 들었어요. 그리고 세상에 대한 호기심이 폭발했어요. 하지만 북한으로 돌아가 외할머니와 고깃국도 먹으며 지내야 한다는 생각에 식당이나 농사일을 하며 돈을 벌었습니다. 그런데….

그런데요?

＊ 어느 날 외할머니께서 아사하셨다는 소식을 듣게 되었습니다. 너무나 애통했습니다. 그 뒤에도 몇 년 동안 죄책감에 숨을 쉬기 힘들 정도였어요. 저는 부모 없이 외할머니 슬하에서 자랐기 때문이에요. 그런데 그렇게 되고 보니 저는 저주받은 북한 땅에 돌아갈 이유가 없어져 버리더군요.

그랬군요. 그래서 남한으로 오셨군요.

＊ 결과적으론 그렇지만 사연은 엄청납니다. 남한으로 오기 위해 중국 남부의 난닝을 거쳐 라오스로, 미얀마로 몰래 스며 들어갔던 적도 있어요. 결국 신분이 노출되어 북송되었고요. 그때가 1999

년 1월이었습니다. 북한 당국에 의해 10년 형을 선고받은 우리는 죽지만 않았을 뿐이지 산목숨이 아니었습니다. 인생 끝났다고 생각 했습니다. 그런데 중국에 사시던 시어머니께서 아들을 구하기 위해 백방 애쓰시면서 보위부에 뇌물을 쓰셨어요.

북에도 뇌물이 통하나 봐요?

＊ 왜 아니겠어요? 그 결과 저는 6개월, 남편은 1년 만에 출소할 수 있었습니다. 2000년 여름이었죠. 그런데 생지옥은 마찬가지였 죠. 우리 가족은 이미 경험해 보았던 자유의 세상에 살고 싶다는 생 각을 떨칠 수가 없었어요. 결국 2000년 겨울에 가족들과 다시 중국 으로 탈출했습니다. 산동 위해의 어느 식당에 숨어 살며 자유로운 남한 땅으로 올 기회를 엿보았죠. 그러다가 2002년 드디어 태국의 방콕으로 잠입했고, 우여곡절을 많이, 많이, 아주 많이 경험한 끝에 2003년 8월 한국으로 왔습니다.

영화 같은 우여곡절이 많았다. 방콕에서 여러 달 동안 미국대사 관에 진입하기를 시도했고, 결국 차가 드나들 때 전기 철문이 열리 던 일본대사관 진입에 성공했다. 2003년 7월 31일 조 씨를 포함한 탈북민 10명이었다. 그리곤 여차저차한 후 그녀 가족은 2003년 8 월 인천공항으로 입국했다. 당시 그녀는 어린 아들과 함께 활짝 웃으 며 입국하여 모자로 얼굴을 가리고 입국하는 다른 탈북민과 달랐다.

어이쿠, 늦었지만 축하합니다. 28세에 꿈에 그리던 삶이 시작되었군요. 한국에서 무엇을 가장 하고 싶으셨어요?

✽ 부자가 되고 싶었습니다. 저는 외할머니가 굶어서 별세하신 북한에서 탈출해 왔잖아요. 하나원에서 나올 때부터 돈을 벌어야겠다고 결심했습니다. 10년 안에 내 집을 마련한다는 결심도 했죠.

그래서 어떻게 하셨어요? 남한은 어떤 사회로 보였나요?

✽ 자기가 노력하면 얼마든지 잘 살 수 있는 사회이더군요. 심리학자 매슬로우(A. H. Maslow) 이론으로 보자면 북한은 최하위 단계인 생존에 급급하지만, 남한은 스스로 노력하면 자아실현을 할 수 있는 나라더군요. 저는 특히 시간에 주목했습니다. 저에게 주어진 모든 시간을 촘촘히 짜서 돈을 벌어야겠다고 생각한 거예요. 저는 충남 서산에 살게 되었는데 맨 처음 신문 배달 일과 보험설계사 일부터 시작했습니다. 신문 배달은 시간을 쪼개어 새벽부터 할 수 있는 일이었고, 보험설계사는 노력한 만큼 돈을 번다고 들었기 때문입니다.

남한은 인맥 사회이기도 한데 연줄도 없이 힘들지 않으셨나요?

✽ 아니요. 일이 너무나 재미있었어요. 한 5년을 진짜 자지 않고 즐겁게 뛰어다녔습니다. 새벽 2시부터 밤 10시까지 신문 배달, 보험 영업, 마트 출납원 등을 시간대별로 소화해 내었죠. 연줄은 없어

도 열정으로 이겨낸 거예요. 그리고 그런 일들을 통해 저는 나날이 더 성장할 수 있었어요. 월수입도 800만 원 가까이 되었고요. 그러다가 2008년에 강원도 속초의 한 골프장 캐디로 이직을 했는데 이 경험이 저에겐 엄청난 인생 선물이 되더군요. 뭐냐 하면 10년 안에 집을 갖겠다는 목표를 7년 만에 달성했고요. 캐디 일의 들쑥날쑥한 빈 시간을 통해 방송통신대를 다니며 공부에 눈을 뜬 것입니다.

공부에 눈을 떠요? 또 한 번 더 인생 전환인가요?

✳ 저는 남한에 와서 총 30여 가지의 일을 했습니다. 아마 상상 못 하실 겁니다. 그러나 저는 즐거웠습니다. 그런데 그렇게 방통대를 다녀 2013년 38세에 졸업했는데, 공부를 하면서 가치관의 변화가 오기 시작했어요. 돈만 보고 사는 이 삶이 최선인가? 인생에 정녕 가치 있는 일은 무엇인가?

가치 있는 삶에 대한 고민은 부자 되기만을 원했던 그녀에게는 예기치 못한 일이었다. 그런데 어쩌면 이 의문은 당연한 것일 수도 있었다. 사실 그녀는 북한에서 어린 시절 교사가 되려던 꿈을 접었었던 소녀였기 때문이다. 어쨌든 그녀의 고민은 곧 엄청난 인생 지각변동을 일으켰다.

그래서 어떻게 하셨어요?

＊ 북한 사회와 통일한국을 연구해 보고 싶었습니다. 더 정확히 말하자면 제 청춘의 한이 서린 북한이 어떤 곳인지 학문적으로 연구하고 싶었습니다. 결국 여차저차하여 북한학과가 있는 이화여대 대학원에 진학했죠. 그리고 너무나 운 좋게 교내외 장학금으로 큰 도움을 받으면서 석박사 대학원 과정을 다닐 수 있었고, 2020년 드디어 박사학위를 받았습니다.

박사학위의 주제는 무엇이었나요?

＊ '북한 중등교사들의 교직 경험에 대한 질적 연구'였습니다. 저는 북한에서 어릴 때의 꿈인 교사가 되지 못했지만, 논문을 통해 북한 교사들의 교직 경험을 분석

2020년 조현정 박사가 박사학위를 취득하였으나, 그 즈음 시작된 코로나19로 인해 진로가 막히자, 탈북민 연구자를 모아 만든 이음연구소 출범식 장면

해 보았습니다. 교육학은 인간에 대한 깊은 이해를 바탕으로 한다는 점에서 제게는 매우 매혹적인 분야입니다. 그런데 학위를 받고 난 뒤 한 가지 난관에 부딪혔습니다.

그래요? 무엇이었나요?

＊ 저는 탈북자 출신에 나이까지 45세이니 취업할 때 핸디캡이 많았었죠. 그런데 더구나 학위를 받은 해에 코로나19가 와서 강의 나 연구 등 활동하는 모든 길이 다 막혀버렸어요.

또다시 힘들게 되었군요. 어떻게 하셨나요?

＊ 그래서 '좋다! 이참에 남한에 와서 대학원을 나온 탈북민 연구 자들을 모아 연구단체를 만들자'고 결심했습니다. 길이 없으면 만 들어간다는 자세였습니다. 체제의 통일도 중요하지만, 사람의 통일도 중요하잖아요. 그래서 통일에 대비해 남북한 사람들을 잘 잇는 연구를 하자고 결심했습니다. 그래서 이름도 '이음연구소'로 결정하여 연구단체를 설립했습니다. 현재 20여 명의 탈북 연구자들이 함께합니다. 그러다가 마침 통일연구원이라

조현정 박사가 2019년 군 복무 중 휴가를 나온 아들과 함께 찍은 사진. 아들은 한국에 와서 군면제 혜택을 받을 수 있었으나, 스스로 원하여 해병대에 입대했었다.

는 중요한 국책 연구기관의 공개채용 공고를 보게 되었었죠.

매번 그렇게 보란 듯이 운명을 타파해 오셨군요. 그렇게 난관을
이겨낸 조 박사님만의 비결은 무엇인가요?

✻ 저에겐 살면서 어려움이 없었던 적이 한 번도 없었습니다. 그
러나 저는 어려움은 생명 있는 자의 기본값이라고 생각했습니다.
그리고 저는 어려움에 닥치면, 일을 성취하고 난 뒤의 결과를 머리
에 떠올리죠. 그러면 이겨내는 힘이 생깁니다. 힘들지 않게 되죠. 일
종의 저만의 최면요법입니다. 그리고 제게는 함께 손잡고 넘어온
아들이 있잖아요. 저는 아이에게 자랑스러운 엄마가 되고 싶습니
다. 또 외할머니는 저를 지탱시키는 원동력입니다. 여기서 잘 사는
것이 굶어서 별세하신, 사랑하는 외할머니께 보답하는 길이죠.

앞으로는 무엇을 하고 싶으신가요?

✻ 저의 의식에는 늘 '교육'이 있어요. 통일된 나라의 교육부 장관
이 되고 싶습니다. 통일 이후에는 민족동질감 형성이 매우 중요할
겁니다. 남북한 사람들이 동질감 속에서 서로 존중하며 성장하는
경험을 쌓도록 돕고 싶습니다.

그녀는 신이 버린 북녘땅에서 조실부모까지 했으니, 초년에는 운
명이 버린 사람이었다. 하지만 매사에 긍정적이고 강한 성취욕구를

가진 여인으로 성장하여 매 순간 난관을 돌파해 왔다. 그녀 스스로는 이 모든 것이 외할머니의 사랑과 칭찬 덕분이라고 한다. 그러고 보면 인간의 운명은 인간의 손에 달렸다는 말이야말로 참 진리다. 그 힘 덕분인지 그녀는 국경을 넘어서까지 운명을 개척해 왔다. 영원을 향하는 불길로 무엇이든 태워버릴 품세다. 계절이 지나는 이 시간에도 그녀는 자기 운명을 뜨겁게 사랑하고 있다.

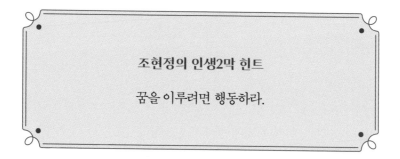

조현정의 인생2막 힌트

꿈을 이루려면 행동하라.

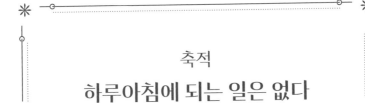

축적
하루아침에 되는 일은 없다

독서선동가 김미옥

당신의 삶에는 어떤 것이 위로인가? 어느 시인은 "인생은 나에게 술 한잔 사주지 않았다"고 했다. 살다 보니 인생은 항상 우리를 난 파시키려고 겨누고 있는 것 같다. 푸시킨(A. Pushkin)은 "삶이 그대를 속일지라도…"라고 했다지만 그제나 지금이나 삶은 우리를 속인다. 그러니 우리는 늘 과민하고 항상 위로받고 싶다. 이 글을 읽는 당신에게는 무엇이 위로인가? 이번에 만난 이는 책 읽고 글 쓰는 데에서 평생 위로를 받아온 사람이다. 그녀는 항상 '살기 위해' 글을 써왔다고 한다. SRT를 타고 내린 수서역 근처 한 카페. 먼저 와서 기다리는 그녀와 만났다.

이번에 책을 내셨더군요. 어떤 책인가요?

＊ 『미오기傳』(이유출판, 2024)과 『감으로 읽고 각으로 쓴다』(파람북, 2024)입니다. 『미오기傳』은 부산 적기 지역에서 출생한 뒤 유년기에 아버지가 공장과 집을 다 날려 집안이 풍비박산이 된 후 시작된 통증지수 높은 저의 삶의 기록입니다.

출간되자마자 반응이 엄청나다더군요.

＊ 아직 한 달도 채 되지 않았는데 각각 3쇄, 6쇄를 찍었습니다. 가난과 폭력,

김미옥 서평가가 최근 『미오기傳』와 『감으로 읽고 각으로 쓴다』를 출판한 후 초청된 한 북토크에서 책 내용을 설명하며 독자와 공감하는 시간을 갖고 있다.

배제로 인해 생긴 상처와 의사도 고치지 못한 공황장애에 시달리던 저를 위로해 준 것은 오직 독서였고, 일으켜 준 것 또한 글쓰기였습니다. 『감으로 읽고 각으로 쓴다』는 이렇게 죽고 싶을 때마다 쓴 글

과 함께《중앙일보》나《문학계간지》등에 발표한 글들입니다.

이번에 만난 이는 팬들로부터 '미오기'라 불리는 김미옥(66) 작가다. 페북 동네에서 완전히 슈퍼스타인 그녀가 낸 책은 지금 출판계를 강타하고 있다. 어떤 이는 김미옥 열풍이라고 한다. 인생이모작기에 페북에 기고하는 독후감만으로 단단한 팬덤까지 거느린 소셜권력자다.

작가님의 페이스북 글에 보이는 댓글 환호가 보통이 아니군요.
＊ 제가 당초 인플루언스를 꿈꾼 것은 아니었어요. 한 사람의 문학 독자로서 독서 후 에세이를 써 페이스북에 올린 것인데 많은 분들이 공감하시다 보니 이렇게 되었습니다.

그런데 어떤 글을 보니 일 년에 자그마치 800권을 읽고 서평을 하신다던데 사실인가요?
＊ 직장을 퇴직했던 2017년부터 2년 정도는 일 년에 800권을 읽었습니다. 그 후로는 평균 360권 정도 읽고 써온 것 같습니다. 어쨌든 작년까지는 4년 동안 화장실 가는 시간도 아껴서 닥치는 대로 읽고 썼습니다. 최근에는 책을 내고 나니 밀려드는 인터뷰, 강연, 원고 요청에 응하느라 더 바빠졌어요.

말하자면 그녀는 하루 4시간 이상 자지 않고 매일 한 권씩의 글을 읽고 독후감을 쓴다는 이야기다. 통계에 따르면 한국인은 일 년에 평균 3.9권을 읽는다. 그런 우리에게는 도저히 불가능한 경지다. 그래서 어떤 이는 과연 800권이 가능하냐며 시비를 걸기도 했다. 필자가 볼 때는 자기의 안경에 갇혀 사는 사람일수록 그런 시비를 걸지 않나 싶다. 어쨌든 그녀가 일종의 '읽고 쓰는 기계'라고 지칭되는 것은 사실이다. 그러한 자신을 그녀는 스스로 '활자중독자'라 했다.

'활자중독자' 라고 할 만큼 왜 그렇게 읽고 쓰나요?

✳ 살기 위한 겁니다. 쓰지 않으면 죽을 것 같았기 때문이죠. 저에게 삶은 아주 어릴 때부터 너무나 고통스러웠어요. 삶의 무게가 저에게 과부하 될 때 책을 읽고 글을 쓰면 호흡이 좋아졌어요. 글을 쓰다 보면 저의 고통과 쾌락을 객관적으로 쳐다볼 수 있게 되더군요. 기쁨까지도요. 삶의 여러 중력에 대해 심리적으로 쾌적한 거리를 둘 수 있게 되었습니다.

주로 어떤 책을 읽고 서평 하시나요?

✳ 시, 소설, 예술, 역사와 같은 인문학에서부터 자연과학까지 가리지 않습니다. 그러나 좋은 책, 알려지지 않은 작가, 중소형 출판사에서 낸 책에 눈이 더 갑니다. 요즘은 국회도서관에서 추천하는 책들을 즐겨봅니다. 좋은 작가의 좋은 책이 빛도 못 보고 사라지는 것

이 안타까워요. 그래서 문단에 덜 알려진 좋은 책을 쓰는 마이너 저자를 발굴해 세상에 알리고 있습니다. 저의 정체성은 '대중독서선동가'입니다.

대중독서선동가요?

＊ 한국인이 책을 읽지 않는다고 하지만 사실 지식에 목마른 사람들이 많습니다. 그런데 어떤 책을 골라야 할지 모르는 경우 좋은 안내자가 있다면 참 좋지요. 공감대를 일으킬 수 있도록 쉽고 재미있게 써서 독서를 유혹하는 게 독서선동입니다. 이게 적중하여 요즘 제가 페이스북에 독후감을 한번 써 올리면 거들떠보지도 않았던 책이었을지라도 하루에 200권 이상 나간다고 하더군요. 이러니 요즘 제게 책 내자는 출판사가 50여 곳이나 됩니다.

책이 외면되는 시대에 참 놀랍군요. 어떻게 이게 가능한가요?

＊ 저는 사실 서평가나 문예평론가가 아니에요. 대학 정규과정에서 문예평론을 전공하지도 않았어요. 단지 엄청난 분량의 책을, 중독자라고 할 만큼, 읽어온 독자일 뿐입니다. 굳이 말한다면 고급 독자라고 할 수 있어요(웃음).

고급 독자라고요?

＊ 네, 한국 문단의 서평은 형식주의에 빠져있어요. 서평이 작가

와 작가의 글, 심지어 독자로부터 괴리되어 있습니다. 너무 현학적이에요. 문학이 먼저이고 서평이 그 뒤인데, 난해하게 쓰인 서평이 권력이 되어 있습니다. 위선이죠. 이러니 서평을 읽는 독자들이 서평의 대상이 된 책을 보고 싶어 하지 않아요.

『미오기傳』 책을 낸 뒤 부산에서 열린 출판기념회에서 강연을 하고 있는 김미옥 서평가

그럼, 작가님은 어떻게 서평 하시나요?

＊ 저는 독자와의 공감을 핵심으로 합니다. 그리고 주어진 책만 아니라 글의 전체 맥락과 그가 쓴 다른 책, 그리고 성장배경이나 취미까지 함께 공부합니다. 일종의 전작주의죠. 그리고 아주 어릴 때부터 집안의 가장 역할을 했던 저의 내밀하고 쓰라렸던 기억도 조금씩 넣어 글을 씁니다.

그래서 그런지 매우 많은 이들이 방문하는 그녀의 페북에는 그녀에게서 '아웃사이더와 마이너들을 향한 따뜻한 눈길'을 느꼈다거나 '존경과 추앙의 마음'을 보낸다는 댓글들이 넘친다. 『감으로 읽고 각으로 쓴다』에서 그녀가 언급했던 모든 책을, 중고 서점에서라도 찾아서 읽겠다고 '충성심'을 보이는 독자 팬도 있을 정도다.

기성문단에서 작가님을 어떻게 보는지 궁금해요. 말씀하셨듯이 대학 정규과정에서 문예평론을 전공하지도 않았고 전공 교수도 아닌데, 어쨌든 책 읽는 사람들에게 깊은 영향을 끼치고 계시잖아요.

＊ 소동이 있기도 했어요. 문단에서 활동하는 '평론가' 명함을 가진 분들이 저의 글이 형식을 파괴한 잡문이니 또 하나의 문화 권력이니 하는 식의 공격이었어요.

그래서 어떻게 하셨어요?

＊ SNS에서 정면 돌파했습니다. 저는 부탁이나 추천을 받아서 서평을 해 본 적이 없습니다. 문단 권력자처럼 행동하지도 않았고요. 매달 120만 원 돈을 들여 알려지지 않은 좋은 책을 직접 사서 읽고 독후감을 성실히 올리는 독자일 뿐입니다. 그런 독자를 평론가가 비판하다니 말이 안 되죠. 그러니 그분들 완패했죠. 저의 페북에 기록이 있을 겁니다. 문학은 세상의 아픔에 연민을 느끼고 공감을 일으키는 일을 해야 합니다.

시종 밝고 재미있으시군요. 젊은 시절 무슨 일을 하셨기에 그렇게 맷집이 좋은가요?

＊ 공무원으로 재직했습니다. 국무총리상도 받을 만큼 몰두하기도 했지만 그때나 지금이나 저에겐 독서와 글쓰기만이 생명줄이었습니다. 저는 초등 4학년 때부터 망해버린 집안의 가장 노릇을 하며 성장했기에 항상 '잃을 것이 없다'는 생각으로 살아왔죠. 그래서 만들어진 맷집일까요(웃음)?

김미옥은 정말 어린 시절 잃을 것 없이 자랐다. 결핍이 너무 많아 '평범하게 사는 것이 꿈'이라고 할 정도였다. 지금의 그녀는 그 서글픈 기억을 불러 푹 고아 우려내고, 책을 읽으며, 글을 쓴다. 결핍을 강력한 배경으로 자원화할 수 있다니 고수의 경지다.

글 빨, 맷집, 팬덤까지도 강력합니다. 이제 삶 전체를 통해 무엇을 하고 싶은가요?

＊ 저는 가난과 멸시와 폭력의 가정환경 속에서 자라다 보니 결핍 많은 시절을 보냈습니다. 다행히 성격은 밝았지만 고통은 늘 저의 몫이었죠. 그래서 그런지 저도 모르게 소수자랄까 이 사회의 마이너에게 시선이 갔고 지금도 알려지지 않은 작가의 글을 챙기는가 싶어요. 인간은 생존 그 너머의 가치를 보는 존재죠. 저는 읽기와 쓰기를 통해 계속 '대중독서선동'에 바람을 일으킬 것입니다.

부산의 서점 크레타(대표 강동훈)에서 준비한 김미옥 서평가(왼쪽에서 3번째) 초청 북토크에서 참가한 애독자들과 찍은 기념사진

인생 후반전의 사람들, 뒤늦게 글쓰기에 도전하는 사람들에게 한 말씀 해주세요.

＊ 삶의 균형을 회복하기를 권합니다. 이때 가장 좋은 것이 독서와 글쓰기입니다. 독서와 글쓰기를 하다 보면 가슴이 머리보다 힘이 쎈 이유를 알게 됩니다. 결핍과 고통에 공감하며 연대하게 되죠.

바야흐로 결핍이 많은 시절이다. 그런데 어떤 이는 결핍되었기에 좌절했지만, 어떤 이는 결핍을 도약판으로 삼는다. 김미옥은 결핍 많은 어린 시절부터 주변인 되기를 거부해 온 사람이다. 상처를 떠

벌리거나 서러워하기보다 기성 형식을 활용하거나 파괴하며 새로운 틀을 만들어 온 사람. 결핍과 경계인의 위치에서 웃으며 내공을 키운 사람이다. 그러니 그에게 결핍은 위로의 대상이 아닌 힘의 근원이었다. 그런데 더 유쾌한 것은 그녀는 그 내공으로 상처받은 사람들과 문단의 소외자를 응원한다는 사실이다. 프랑스 지식인의 마지막 거장이라 불린 자크 라캉(J. Lacan)은 '인간은 가졌기 때문에 대상을 사랑하는 것이 아니라, 그가 가진 것이 부족하기에 그를 사랑하게 된다'고 했다. 가진 사람만을 욕망하는 이 야수의 시대에 그녀는 라캉이 말한 인간의 본연에 가까이 있고 그래서 더 공감되고 더 연대 될 수 있는 인물이다.

김미옥 서평가 페이스북
https://www.facebook.com/Norah0103

김미옥의 인생2막 힌트

가장 잘하고 좋아하는 일을 선택하라. 그리고 기억하라.
하루아침에 갑자기 되는 일은 없다.

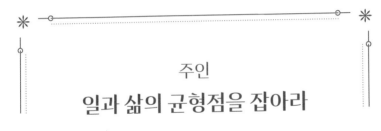

주인
일과 삶의 균형점을 잡아라

법률사무소 송연 전병렬 고문

계절이 바뀌면 생각이 많아진다. 오십 중반을 넘어가면 더 그러하다. 열심히 살아왔지만, 마음 한 켠 공허함이 쌓인다. 소중한 것을 놓쳐버린 느낌. 한평생 왜 그렇게 바빴나를 자문하기도 한다. 인생의 궁극적인 의미에 대해 질문하게 되는 것. 심리학자 에릭 에릭슨(E. H. Erikson)은 인간의 생애를 8단계로 설명하면서 노년기를 '자아통합의 시기'라 했다. 노년기에는 삶의 의미를 가꾸는 일이 중요하다는 말이다. 그래서 육십부터는 의미의 시간이다. 삶의 의미를 공고히 해야 하는 시기. 이러한 점에서 인생 힌트를 줄 만한 분을 찾아 서울 여의도 한 빌딩 사무실을 방문했다.

자신을 소개해 주시겠어요?

✽ 저는 전병렬이라고 합니다. 63세이고요, 현재 '법률사무소 송연'의 고문으로 활동하고 있습니다. 2년 전부터는 부동산공인중개사 사무소도 운영하고 있습니다.

전병렬(왼쪽) 고문이 MBC FM4U와 서울시 50플러스재단이 공동 운영하는 라디오 PD 과정 프로그램인 '꿈꾸는 라디오'에 출연하여 일과 삶의 균형 잡힌 인생의 중요성과 방법에 대해 이야기하고 있다.

페이스북을 보니 일과 삶의 균형 잡힌 생활을 추구하고 계시더군요. 이를 설명해 주세요.

✽ 막상 그렇게 말씀하시니 부끄럽습니다. 저는 인생 후반기에 맞는 적절한 수입처를 만들어 놓은 동시에 지혜로운 삶에 대해 성

찰하며 일과 삶의 조화에 어긋남 없는 생활을 하고자 할 뿐입니다.

흔히 사람들은 100년 인생을 삼등분하여 설명한다. 태어나서 삼십까지는 부모의 보호를 받으며 배우는 의존의 시기라면 그 후 삼십 년인 육십 세까지는 사회 경제 활동기이다. 그러면 육십부터는 어떤 시기일까? 바로 의미의 시기이다. 가족을 양육하는 의무의 시기를 마친 뒤 이제 자기에게 집중하는 시기다. 그런데 막상 걸맞은 모델을 찾기 어려운데 이번에 찾은 분은 호기심을 자아낸다.

어떤 식으로 일과 삶의 균형을 유지하시는 건가요?

＊ 일과 삶의 균형이란 가정을 건사하는 일부터 시작됩니다. 즉 일모작 은퇴 이후의 재무 부분을 안정시켜 놓는 한편 삶의 의미를 밝히며 사는 것을 말합니다. 저는 일모작 때 최고 글로벌 대기업에 종사했지만 이제 저에게 맞는 일, 즉 법률사무소 상임고문으로 활동하며 향후 20년의 재무 요소를 안정화시켰습니다. 한편 일하는 시간을 제외한 모든 시간을 독서와 사색 글쓰기 명상, 그리고 운동으로 지혜를 닦는 데 열중하고 있습니다,

현재의 삶의 스타일은 젊은 시절과 어떻게 다른가요?

＊ 젊은 시절, 그러니까 인생일모작 때는 세속적 성공을 지향하는 삶을 살았죠. 앞질러 승진해야 하고 권력을 더 가져야 하고 돈을

더 벌어야 했죠. 시장가치를 높이기 위해 자신의 영혼조차도 팔아야 하는 상황이었습니다. 그러나 지금은 달라요. 지혜의 삶을 추구하는 것이죠.

좀 더 자세히 말씀해 주시겠어요?

＊ 일모작 때는 지식을 쌓고 전문성을 길러야 하죠. 경쟁 속에서 버텨내는 것이 목표입니다. 자기의 삶이 아니에요. 욕망에 예속된 삶이죠. 그러나 지혜의 삶이란 그 허상을 아는 삶이죠. 에고를 깨부수고 깊은 사유를 통해 깨달음을 얻는 삶이죠. 성공만을 추구하는 생활을 버리고 삶에서 진정으로 소중한 의미와 지혜를 추구하는 거죠. 요즘 사람들은 누구나 행복을 추구한다고 하는데 행복의 본질은 지혜입니다.

그의 말인즉슨 행복은 값비싼 명품이 즐비한 백화점이 아니라 지혜의 삶에 있다는 것. 이를 알고서 이제 그는 미래를 위해 현재를 양보하거나, 일을 위해 삶을 양보하는 젊은 시절 스타일과는 손절했다고 한다.

말씀 듣다 보니 젊은 시절에 무엇을 하셨는지 궁금해지네요.

＊ 저는 30년을 LG맨으로 살았습니다. LG그룹 회장실 소속 IT전략팀장으로서 LG그룹 30여 개 자매사의 IT 경쟁력을 증진시키는

일도 했고, LG전자 본사의 SCM(공급망관리) 팀장으로 일할 때는 사업본부에 공급망관리시스템(GSCP)을 최초로 구축하기도 했죠. 그룹 경영혁신프로젝트 책임자로도 활동했어요.

그러면 퇴직 후에 현재와 같은 스타일로 전환하셨나요?

＊ 일모작 시기에는 그 패러다임에 맞게 치열히 살았죠. 그러나 55세 때 퇴직이 되어버렸어요. 대기업의 논리가 있어요. 예고 없이 퇴직 되었죠. 물론 명퇴 조건으로 많은 퇴직금을 받았지만, 정신적 갈증이 일어나더군요. 그러다 좀 다른 삶을 살아야겠다는 생각을 하게 되었어요. 그래서 시작한 게 삶의 의미를 밝히는 공부였습니다. 맨 처음에는 가톨릭 예비신자 교리과정을 다녔죠. 세례를 받았고요. 그런데 더 공부하고 싶었어요. 그래서 조계종 불교대학에 가서 교리과정을 이수했죠. 수계도 받았습니다. 조계사에서 참선 공부도 더 했죠. 아침에는 불교방송을 켜놓고 108배를 따라 하며 수련도 했어요. 그런데 그렇게 하여 삶의 방향은 찾았지만, 퇴직 후 직업에서 난관에 봉착했었습니다.

55세 때 퇴직이었으니 또 다른 직업을 찾으려 하셨겠네요.

＊ 퇴직한 때가 55세였으니 경제활동을 더 해야 했어요. 그래서 어떤 생각으로 투자사업을 했습니다. 결과는 대패였습니다. 낭패를 보았어요. 일생일대에 없던 흑역사가 한 3년 지속되며 좌절감을 맛

보았습니다. 결국 고통 끝에 그간의 모든 자료들을 폐기하고 정리해 버렸죠. 인생 후반전에 드는 후배들에게는 선물옵션 주식투자 등 투기성 사업에 뛰어드는 일을 절대 삼가라고 하고 싶습니다.

준비하지 않은 명퇴는 그렇게 고통이 따르는가 봐요.

✳ 네, 자신의 장점을 살릴 수 있는 일자리가 갑자기 주어지기 힘들죠. 그런저런 실패와 도전 끝에 마침 법률사무소 경영을 지도하는 상임고문을 하게 되었죠. 그리고 법원 공무원으로 퇴임한 아내와 함께 공인중개사 사무실도 운영하게 된 겁니다. 퇴직 후 6년 정도 만에 안정적인 수입처를 만든 것입니다. 나이 오십 줄에 드는 사람들은 명퇴 전에 다음 직업을 꾸준히 준비하실 것을 권합니다. 또한 몇 년간 일이 풀리지 않을 때도 힘든 마음을 이겨내는 자신만의 방법을 가져야 합니다.

지금과 같이 일과 삶의 균형을 찾는 생활양식은 어떻게 체계화한 것인가요?

✳ 곤란 속에서도 저에게 맞는 생활양식을 고민했어요. 경제적으로는 투자사업이 잘못되어 혼이 나긴 했지만, 맷집을 키운 저는 일단 재무적으로는 '경제적 풍요'보다는 '경제적 자유'를 경제활동의 목표로 잡았어요. 최고 수입보다는 적정 수입인 거죠. 부동산 중개 일은 여의도에 사무실을 내고 온라인 홍보 맥을 잡으니 안정화되었어요.

일 외의 정신적 삶은 어떻게 하셨나요?

✳ 경제적인 수입처를 발굴하면서도 계속 지혜의 삶을 목표로 공부를 했습니다. 물질을 추구하는 삶은 허상이란 생각은 공부할수록 옳더군요. 그래서 종교와 철학 공부에 집중하여 인생이모작기의 가치관을 단단히 했죠. 물질이 아니라 정신중심적 가치관인 거죠. 초월적 세계관과 불교의 공사상, 노장사상, 고대 그리스 철학이나 근대 관념론, 독일철학 등을 공부하여 제 나름의 동서양 통합적인 종교철학과 인문학적 가치관을 쌓았습니다. 공부를 해 보니 천주교에서 말하는 성부·성자·성령 삼위일체도 불교의 법신불·화신불·보신불과 같은 이야기더군요. 동서양의 종교와 철학은 궁극적으로 지혜의 삶을 추구하는 것이에요.

인류의 각 종교와 인문학의 최종 목표는 지혜로운 삶이었다는 말씀이군요. 그런데 혼자서 공부하시면 어려울 수도 있는데, 이심전심(以心傳心)의 도반이나 스승이 계신가요?

✳ 마침 스님과 신부님들에게서 많은 도움을 받을 수 있었습니다. 저는 특히 서송스님으로부터 수계를 받은 후 각산스님과 남선스님을 통해 공의 세계에 대해 눈을 뜨고 있습니다. 중앙승가대 총장이셨던 종범스님에게서도 깨달음을 얻습니다. 페이스북에서 만나는 무아 선생도 좋습니다. 또한 여의도성당의 홍성학(아우구스티노) 신부님, 해미국제성지의 한광석 신부님과 영적 교류를 하여 많

은 축복을 받았습니다.

평소 시를 써 온 전병렬 고문은 최근 시집 『보이지 않는 세상』(다담출판기획, 2024)을 출간했다

페이스북에도 정신 공부에 대해 글을 많이 올리시더군요.

✳︎ 저는 새벽에 잠이 깨면 곧바로 화두 명상을 습관화하고 있습니다. 생각이 쑤욱 올라오면 페이스북에 글을 써 올립니다. 어떤 글은 공개하기도 하죠.

그렇게 계속 마음공부를 하고 계시는군요.

✳︎ 저의 경우 현재의 삶에 충실합니다. 장관이나 기업 회장 부럽지 않아요. 지금처럼 재무요소를 적정하게 해놓고서 더 밝은 지혜의 삶을 추구하고 있습니다. 그런데 지혜의 인연은 쉽게 오지 않죠. 깊은 자기성찰이 있어야 합니다. 특히 삼업(三業)을 짓지 않으려 합니다. 몸으로 짓는 신업(身業), 입으로 짓는 구업(口業), 마음으로 짓

는 의업(意業)을 짓지 않고 청정하게 산다면 최고의 삶입니다. 또 임제선사가 말씀하신 수처작주 입처개진(隨處作主 立處皆眞)을 좌우명으로 삼고 있습니다. 어느 곳, 어느 처지에서라도 스스로 자기의 주인이 되란 말이죠. 사람에 따라 쉽지 않은 경지입니다. 저는 제가 정한 원칙을 기준으로 한다는 의미의 자율, 상황에 따라 유연하다는 의미의 자유, 그리고 저의 마음을 잘 다스린다는 의미의 자재 등 삼자로 저의 삶에 주인이고자 합니다.

세상살이에 걱정 많은 사람들에게 한 말씀 해주세요.

＊ 사람들은 행복을 추구하면서 실상 행복과 반대되는 것을 추구합니다. 노년에 행복하기 위해서는 특히 지혜를 가져야 합니다. 분별심이나 지식보다는 지혜를 가져야 해요. 균형과 중도가 중요합니다. 행복을 원한다면서 타인과 이전투구처럼 하는 것은 이율배반적 행동입니다. 현실과 인연에 너무 집착하는 것도 좋지 않습니다. 저는 대기업을 퇴직하고 6년 동안의 시련 끝에 깨달은 것이 있습니다. 인생 후반기에 행복하기 위해서는 가장 먼저 고통과 번뇌, 갈등을 넘어서는 정신적 전환점을 만들어야 한다는 것입니다. 종교인이 아니더라도 지혜를 가지기 위해 깊이 사유와 통찰하는 공부를 해야 합니다. 그럼으로써 진정한 행복의 경지에 도달할 수 있습니다.

명상 작가인 류시화는 '사람은 저마다 다른 문제지를 가지고 있다'고 했다. 그렇다면 삶에는 한 가지 해답만 있지는 않을 것이다. 그래서 우리는 나이 들다 보면, 인생은 살수록 잘 모르겠다는 말에 더 귀 기울이게 된다. 그러니 역설적으로 지혜를 찾는 것 아닐까? 전병렬은 은퇴 후 6년의 재정착기를 통해 삶의 궁극적인 의미를 참구했다. 그것이 선업이 되었는지 이제 삶의 균형점이 확고히 되었다. 현실의 무게에 시달리는 사람을 향해 전병렬은 말한다. '내 안에 타인이 머물게 하지 말라. 스스로 주인 된 삶을 살라.' 최근 그가 내놓은 첫 시집『보이지 않는 세상』에는 새벽에 길어 올린 듯한 삶의 통찰이 가득하다.

전병렬의 인생2막 힌트

일과 삶의 균형을 잡아라.
자율 · 자유 · 자재의 주인 된 삶을 살자.

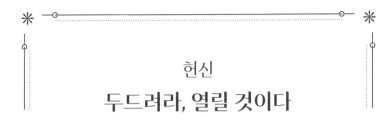

헌신
두드려라, 열릴 것이다

경남이모작지원센터협동조합 최정란 부이사장

수입은 은퇴자들이 새로운 활동을 모색할 때 체크하는 첫 번째 항목이다. 그래서 '무엇을 할까?'는 곧 은퇴 후 수입처를 찾는 일과 다름없다. 이런 점에서 볼 때, 평생 아이들만 가르치고 살아온 교사들에게 제대로 된 인생이모작 일이 주어지기는 어렵다. 은퇴 후 맞닥뜨리는 수입처 발굴 환경은 한평생 봉직한 학교 환경과 너무 다르기 때문이다. 그러면 교사는 은퇴 후 무엇을 하고 살면 좋을까? 여기에 힌트를 주는 이가 있어서 창원에 있는 '경남행복내일센터'를 찾았다.

최정란(가운데) 부이사장이 창원시에 소재한 '꿈꾸는 산호작은도서관'에서 노인들에게 스마트폰 사용법을 가르치던 중 질문을 한 수강생에게 설명하고 있다.

　안녕하세요? 독자들에게 인사해 주세요.

　＊ 안녕하세요. 저는 사회에 공헌을 하기 위해 전문직 은퇴자들과 함께 이모작지원센터협동조합을 결성해 활동하고 있습니다. 주로 지역의 신중년들과 노인들에게 교육사업을 하고 있습니다.

　이번에 만난 사람은 창원에 있는 이모작지원센터협동조합 최정란(67) 부이사장이다. 그녀에게서는 대면한 지 오 분도 안 되어 몸에 밴 친절함과 섬세함을 느낄 수 있었다. 교육자에게서 느낄 수 있는 분위기였다.

조합은 어떤 식으로 운영되고 있나요?

✻ 경남에는 신중년 세대가 다시 한번 더 적극적으로 사회참여를 할 수 있도록 지원하는 기관으로 '경남행복내일센터'가 있습니다. 경남도와 경남경영자총협회가 협력해 설립한 기관이고요, 이곳에 시니어들을 대상으로 한 강의 요청이 들어오면 우리 조합으로 연락이 오고, 우리 조합에서 전문 강사를 보내는 식으로 운영하고 있습니다. 또한 외부 기관이 공모하는 사업을 받아 신중년분들께 무료교육을 하기도 합니다.

어떤 과목 강사를 보유하고 계시나요?

✻ 다양합니다. 예를 들어 스마트폰, 메타버스, 유튜브, 블로그, 드론 활용법과 같이 디지털 교육 강사도 있고요. 금융, 회계, 창업, 부동산 등의 경제교육 강사도 있습니다. 그리고 자서전 쓰기나 체조, 컵타, 웃음치료 등의 실생활에 유익한 과목의 강사들이 20여 과목을 커버하고 있습니다.

부이사장님은 이전에도 교육 분야에 종사하셨던가요?

✻ 저는 중등학교 교장으로 정년 퇴임을 했습니다. 1981년에 미술 교사로 임용되어 2019년 퇴임했으니 37년 이상 교직 생활을 했습니다. 한눈팔지 않고 열정을 쏟았던 세월이었죠.

그럼 퇴직하고서 바로 이 일을 시작하신 건가요?

＊ 아니에요. 저는 퇴직 후 바로 KOICA(한국국제협력단) 해외 봉사활동을 나갔습니다. 2019년 퇴직한 그해 5월 아프리카의 우간다로 가서 미술교육 봉사활동을 했습니다. 학생들을 가르치기도 했지만, 현지의 미술 교사에게는 디지털 도구를 활용한 교육 방법도 안내하곤 했어요. 그리고 그곳 미술 교사들과 협업하여 국제학생작품교류전도 두 번이나 했어요. 2020년 3월 코로나19가 전 세계적으로 휩쓸어 비상 피난을 했을 때는 원격으로 활동을 했죠.

KOICA 해외 봉사활동은 평생 전문직으로 활동해 온 은퇴자들이 매우 선호하는 활동 방식이다. 그녀는 은퇴를 앞두고 있던 중 퇴직자 연수에서 KOICA 해외 봉사활동을 다녀오신 분의 이야기를 듣고 매력을 느껴 도전했다고 한다.

보람도 있었겠지만, 아프리카의 우간다, 낯선 곳이라 힘들기도 하셨겠군요.

＊ 힘들지 않았다 하면 거짓이죠. 하지만 보람이 더 있었습니다. 제가 이전에 가졌던 모든 직위와 권위를 내려놓아야 하는 일이었어요. 저와 같은 시니어 봉사팀은 건강 관리도 중요했어요. 어쨌든 봉사활동을 하러 온 한 사람으로 충실히 하고자 마음먹었더니 모든 것이 즐거웠습니다. 어쩌면 제가 한국 학교를 2019년에 정년퇴직

했지만, 사실 KOICA 봉사활동을 마친 2021년 3월까지 봉직했다고 할 만큼 교육자 마인드로 임했어요.

최정란 부이사장이 아프리카 우간다의 은산지중등학교에서 학생들에게 그림에 대해 교육활동을 하고 있다.

인생후반기로 넘어가는 과정에 경험한 해외봉사가 인생에 중요한 무엇을 남겼나 봐요?

＊ 먹고 입는 것조차 열악한 아이들에게 학습 동기를 일으키며 함께 울고 웃었죠. 돌아보면 그 시간은 빈곤한 현실 속의 풍요한 영

혼의 시간이었습니다. 나를 되돌아볼 수 있는 시간이었어요. 언제까지 살진 몰라도 교육 봉사와 같은 저에게 맞는 일을 찾아 현재를 열심히 살아내는 것이 국가사회에 보답하고 또 제 인생 목적을 달성하는 길이란 답을 얻었죠.

귀중한 인생 경험이었군요. 지금 활동은 어떤 계기에 시작하신 건가요?

＊ 해외 활동을 끝내고 돌아왔는데, 하는 일이 없으니까 너무 힘들었어요. 흔히 노인들에게는 빈곤, 질병, 외로움, 무위 등 네 가지 고통이 있다고 하죠. 제게는 그중에서 무위(無爲) 즉 아무 할 일이 없다는 것이 견딜 수 없는 고통이었어요. 그런데 평생 학교에서 아이들과 함께 살아온 사람이 학교 밖에서 실패하지 않고 할 만한 것이 무엇이 있겠어요? 그러니 무엇을 하고 싶은 욕구는 강했으나 헌신할 만한 적절한 일이 없었던 것입니다. 그런데 하루는 지인으로부터 '경남행복내일센터'에서 스마트폰 강사를 모집한다는 이야기를 들었습니다. 좀 더 자세히 정보를 취합하고서 해 보자고 마음먹었습니다.

그런데 디지털 기기를 잘 다루셨나요?

＊ 문제는 제가 스마트폰을 교육할 만큼 잘 모른다는 것이었어요. 사실 기계치였던 겁니다. 그러나 그 정도의 어려움과 두려움은

극복해야 했어요. 매진했죠. 결국 스마트폰교육지도사 자격증을 땄고, 내친김에 유튜버 크리에이터지도사, 디지털 튜터, 스마트IT컴퓨터지도사, 모바일디지털튜터 등 자격증도 땄습니다. 열심히 했기에 자격증을 따고서 이 문구가 적힌 제 인생의 두 번째 명함을 만든 날 날아갈 것 같았어요. 그런데 문제가 있더군요.

(하하) 또 다른 문제가 또 있었나요?

＊ 네. 저의 일이 기존 스마트폰 교육 강사의 수입을 해칠 수 있다는 것이었어요. 젊은이들을 포함해 많은 분들에게 디지털 기기 사용법 교육은 일종의 수입처였어요. 경남에는 가정 경제를 위해 디지털 교육 강사로 활동하는 분들이 많거든요. 그런데 저는 교장까지 지냈기에 나름대로 퇴직연금이 적지 않지요. 그래서 이분들과 경쟁하고 싶지 않았어요. 봉사의 보람으로 하고 싶었거든요.

정부 조사에 따르면 한국인의 적정노후생활비는 월 322만 원에 달한다고 한다(2022 가계금융복지조사 마이크로데이터, 통계청). 그래서 대부분의 사람들은 은퇴 후에도 수입처를 확보하기 위해 애쓴다. 그런데 디지털 전환기에 아무리 기대 수준을 낮추어도 쉽지 않다. 그러나 최정란 부이사장은, 교육봉사 형식으로 활동할 것을 결단했다. 오랜 기간 교사로 재직하여 퇴직연금이 있기에 가능했지만, 자기욕망을 절제하는 지혜의 결단이었다.

최정란 부이사장이 경남행복내일센터에서 신중년등을 대상으로 스마트폰 100% 활용법을 강의하는 장면

대단하시군요. 그래서 어떻게 하셨나요?

＊ 그래서 고심 끝에 이러한 뜻을 가진 분들과 협동조합을 만들었습니다. 바로 이모작지원센터협동조합입니다. 교육봉사를 하려는 퇴직 전문가들이 손을 맞잡은 것입니다. 그러고 나니 활동하기 개운해졌어요. 아시다시피 계속 진화하는 스마트폰인지라 저 스스로 매일 공부해야 하고, 내용을 잊어버린 어르신에게 반복 학습시키는 어려움이 있습니다만 즐겁습니다. 노인들에게 스마트폰으로 기차표를 예매하는 법이나 신용카드 사용법, 손자·손녀들에게 카톡으로 선물 보내는 방법을 가르쳐 드리면 너무나 좋아하십니다. 일주일 내내 바빠요.

그러면 지금도 순수한 교육자로서 살고 계시네요. 그리고 '드리미초이'라는 블로그도 아주 알차더군요.

＊ 저의 블로그 작업은 저의 습관이 되었습니다. 하루에 1개 정도 글을 올리며 계속 돌보니 방문객들도 참 많습니다. 자료도 매우 많아요. 교육을 받고 난 뒤 내용을 잊어버린 분들도 다시 복습할 수 있도록 배려해 올립니다. '드리미초이'는 꿈을 의미하는 영어 단어를 연상시키면서도 무언가 배울 수 있도록 드린다는 뜻이 중첩된 단어에 저의 성을 붙였습니다. 우간다 친구들이 제게 붙여 준 별명이에요.

교사로 퇴직하는 후배들에게 한 말씀 해주세요.

＊ 예전에 구십 다 되신 분에게서 '이렇게 오래 살 줄을, 퇴직할 때 알았더라면 좀 더 장기 계획을 세워 뭔가를 했을 것인데 너무나 후회스럽다'는 말씀을 들은 적이 있습니다. 그런데 교사의 인생이 모작은 특수해요. 연금이 있지만 별도의 경제활동을 하기에는 조심스러운 직업입니다. 이를 감안할 때 교육봉사활동이 좋다고 봅니다. 사회활동을 하다 보면 자연스럽게 새로운 재능을 발견하게도 되지요.

수입 확보보다는 교육 + 봉사를 권하시는 거군요.

＊ 네, 그리고 무엇보다 퇴직 전에 준비해야 합니다. 저는 현역에 계실 때 '파티복을 준비하라'고 하고 싶습니다, 매사 준비하는 삶이

필요합니다. 퇴직 10년 전부터는 이것저것 준비해 두시기를 권합니다.

    최정란을 아는 사람들은 그녀에게 "지금껏 일만 했으니 쉬는 날이 있어야 되지 않느냐?"고 말한다. 하지만 그녀는 "마냥 쉬기엔 너무 긴 인생이다. 오늘이 생의 가장 젊은 날이기에 끊임없는 도전으로 살아갈 뿐이다."고 응답한다. 그리고 그 타깃을 '일반인을 대상으로 한 교육봉사'로 잡고 있다. 평생을 학교 교실에서 교육해 왔지만, 인생이모작기에는 세상을 교실로 삼고 운명처럼 깊어지고 또 넓어지고 있는 깃. 그녀는 인생이모작기에 들어 자기 인생의 아름다운 주인공이 된 진정한 교육자다.

최정란 부이사장 블로그
https://blog.naver.com/esider

최정란의 인생2막 힌트

두드려라, 열릴 것이다.

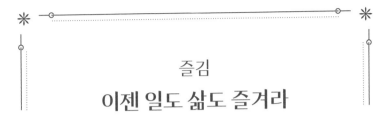

즐김
이젠 일도 삶도 즐거라

벨 프롬나드 강희영 오너셰프

흔히 삶을 항해에 비유한다. 인생살이는 결국 파도를 가르며 좋은 정박지를 찾는 일. 고단함을 이겨내고 계속 나아가는 점에서 유사하다. 그런데 거대한 해양을 헤치며 항로를 개척해 온 기관사들의 실제 인생이모작은 어떠할까? 마침 '젊음의 뒤안길에서 이제는 돌아온' 분을 찾을 수 있었다. 방문한 곳은 해운대 선프라자 2층의 한 음식점. 입구에 들어서니 대왕고래만큼 웅장한 한 교향곡이 들렸다.

강회영 오니세프가 그의 음식점 '벨 프롬나드'에서 휴식을 취하는 중 색소폰 연주를 즐기고 있다. 사진 오른쪽 중상단에 그의 애장품 하츠필드 스피커가 보인다. 강 셰프의 뒤편에는 음식점 조리대가 있다.

　베토벤의 '운명 교향곡'이 영혼을 후벼파는군요. 스피커도 예사롭지 않고요.

　＊ 매우 강렬하죠. 우리는 살면서 이렇게 운명이 문을 두드리는 소리를 가끔이라도 들어야 합니다. 스피커는 빈티지 오디오 시스템 JBL D30085 The Hartsfield입니다. JBL이 1954년 생산했을 때 전문가들로부터 '궁극의 스피커'라는 찬사를 받았고, 지금도 세계 3대 명기라 하죠. 이 스피커로 교향곡, 파이프 오르간, 오케스트라 그리고 특히 재즈를 들으면 자아조차 망각할 정도가 됩니다.

여기를 소개해 주시겠어요?

✳ 프랑스 가정식 요리점 '벨 프롬나드'입니다. 벨 프롬나드(Belle Promenade)는 '아름다운 산책'이란 뜻입니다. 친한 사람들 간에 음악과 프랑스 요리를 음미하며 인생의 즐거움을 느끼도록 하는 곳입니다. 저는 오너셰프 강희영입니다.

현재 68세인 강희영 오너셰프는 인생 전환 각도가 특이하다. 젊은 시절 그는 오대양 육대주를 항해한 기관장이었다. 20년을 기관사, 기관장으로 배를 탔으니 전 세계 안 가본 곳이 없다고 한다. 그런 그가 국립대 교수를 거쳐 지금은 프랑스 요리 전문점을 하고 있다. 인생은 알 수 없다. 그 이야기 속으로 들어가 보자.

젊은 시절 지금과는 아예 다른 일에 종사하셨다더군요. 전환 각도가 놀랍습니다.

✳ 대학 졸업 후 기관사로 배를 탔습니다. 부경대의 전신인 부산수산대 기관학과를 졸업하고 일본기업의 자동차 전용선의 기관사로 직업을 시작했습니다. 80여 개 나라를 누비고 다녔어요. 바다에 빠지면 순식간에 눈을 뜨고 동사하는 영하 30도 극한의 대권(Great Circle) 항로인 북태평양 바다를 헤쳐 나가곤 했어요.

직업으로서 기관사는 자부심이 많겠군요.

＊ 저는 17만~20만 톤이 넘는 초대형 광탄선(VLOC: Very Large Ore Carrier)을 운행했고 그 기관장으로 퇴직했죠. 상상 이상의 거대한 파도를 극복

1998년 1등 기관사로 승선 중이던 거양 마제스티호를 배경으로 찍은 사진. 당시 동문 김순영 박사와 텍사스 A&M대에 유학 중이던 민덕홍 부부가 그가 있던 버몬트에 와서 찍어 주었다.

하고 석탄이나 철광석을 싣고 무사고로 항해할 때 뿌듯하죠. 대서양에서 고장 난 배를 인도양까지 항해해 주기관을 수리하고 일본에 성공적으로 귀항했을 때도 있었죠. 참 보람찬 시간이었습니다. 또한 1984년에 시드니 오페라 하우스나 보태닉 가든(Royal Botanic Garden)에도 가보았으니, 해외여행이 힘들던 시절부터 전 세계 좋은 곳은 다 다녀보았어요.

그러한 젊은 시절 어떤 꿈을 꾸고 그렇게 다니셨나요?

＊ 저는 어릴 적부터 음악을 좋아했어요. 그러나 대학 진학 후에는 최고의 선박 엔지니어가 되고자 했습니다. 그래서 졸업 후엔 기술력이 한 수 위였던 일본으로 갔죠. 대학 다닐 때 빌려 쓴 학자금 융자도 갚아야 했기 때문입니다. 그런데 저에겐 수평선 너머에 무

언가 있을 것 같은 생각이 늘 있었어요. 또 '평범하게 살되 생각은 높게'(Plain living and high thinking)가 좌우명이었어요. 그러다 보니 저는 항해 생활 중 프랑스어를 공부했죠. 프랑스에서 학위를 받고 싶었기 때문입니다. 그리고 어학에 자신감이 붙을 무렵 39세 때인 1994년 리옹대학 박사과정에 진학하기 위해 프랑스로 갔죠. 전공 교수와 이야기가 되어 있었거든요. 그런데 이상하게 상황이 엉켰어요.

무언가 잘 안되었나요? 당황스러웠겠네요.

✳ 그랬어요. 입학 심사를 하는 날 가보니 전공 교수가 출장을 가고 안 계시더군요. 예상치 못한 일로 입학이 좌절되었고, 한국으로 돌아올 수밖에 없었습니다. 허탈했습니다. 그러나 공부를 계속하고 싶은 생각을 버릴 수가 없었어요. 그래서 1996년 부경대 박사과정에 등록했는데 우리 쪽은 연구할 때 비용이 만만치 않아요. 그래서 다시 배를 타러 나갔다가 2004년에 비로소 배에서 완전히 내렸어요.

일반 기관사들도 접하기 힘든 초대형 광탄선의 기관장이었던 강희영은 만 20년의 '항해인생'을 그렇게 마감했다. 대학 졸업 후 청운의 꿈을 안고 일본의 회사에 입사할 만큼 야심 찬 세월이었다. 브라질에서 출항해 아프리카 케이프타운 앞바다를 지날 때는 앞이 전혀 보이지 않는 짙은 안개 속에서 거친 파도에 휩쓸려 버리기도 했다. 죽음의 위험도 몇 번 경험한 긴 세월이었다. 배에서 완전히 내릴 때 나이는 49세.

항해 20년을 마치고 인생2막을 시작하셨군요. 무엇을 하셨나요?

✳ 2004년 마침 모교에서 후배들을 가르칠 기회가 주어졌어요. 2006년에는 박사학위도 받았죠. 20년 동안 기관사, 기관장을 한 실전 경험을 이론에 접목해 강의함으로써 제자들에게 좋은 자극을 많이 주었어요. 저의 인생이모작 전환은 나이 오십 정도에 바다인생을 육지인생으로 전환하며 시작한 거예요. 그런데 일만 하지 않겠다고 결심했어요.

지난날과는 다른 삶의 스타일을 생각한 건가요?

✳ 네. 저 자신을 격려하고 싶더군요. '거친 풍랑 헤치며 할 만큼 했다. 이젠 너 자신을 돌봐도 된다'는 생각이었어요. 그래서 교수생활 중 반전을 도모했죠. 일을 하면서도 삶 자체를 즐기자는. 저는 여유롭게 살기 위해 일을 했는데 어느 틈엔가 일을 위해 사는 사람이 되어 있었던 거예요. 그래서 교수로 활동하면서도 주말에는 지인들을 초대해 인생과 일과 음악을 이야기하며 즐겼어요. 김홍희 사진작가, 명리학자 조용헌 선생 등 멋쟁이들도 오셨어요. 조용헌 선생은 저의 요리를 즐기면서 "강 교수님, 이건 이미지 배반이에요!"라고도 했죠. 너무 맛있다는 말씀이었습니다.

그는 최고의 선박 엔지니어가 되기 위해 분투하는 동안 인생의 기쁨과 슬픔을 겪을 만큼 겪었다. 그 과정에 삶의 어떤 깊이를 맛본 것 같다. 일과 삶 중에서 삶의 팔을 들어준 것.

그래서 그게 계기가 되어 이렇게 프랑스 음식 요리사로 전환하게 되었나 봐요?

＊ 1994년 그때, 리옹대학의 박사과정 진학은 꼬였지만, 그곳에서 우연히 이베흐 부부(Mme. Martine Hivert와 M. Claude Hivert)를 알게 되었어요. 또한 파리에서 요리사이자 태권도 사범으로 활동하던 자비에르 노작메이어(X. Nozacmeur)를 만났어요. 한국을 사랑하는 분들이셨죠. 저는 그들의 파티에 자주 초대 받아 가 색소폰을 불곤 했는데, 어느 틈엔가 제가 프랑스의 가정에서 즐기는 미식문화에 꽂혔어요. 음식의 조리 세팅 과정과 충분한 시간을 공유하며 대화를 즐기는 생활양식이 제겐 너무 좋았어요.

그래도 지금과 같이 정통 프랑스 요리 셰프가 되려면 많은 훈련을 해야 하지 않나요?

＊ 그 뒤 수년을 정통요리법 원서들을 구하여 미세한 조리 기술을 다 수련했죠. 지금도 여기 보시듯 한우 고기의 보관이나 조리법에 대해 늘 실습하죠. 또한 프랑스 유학 시절 만났던 요리사들과도 요리 기술을 계속 교류합니다. 그리고 와인 소믈리에 기술도 이수

받았고요.

그러고 보면 세상 인연은 참 오묘하군요. 그런데 색소폰 연주는 언제 배우신 건가요?(그는 인터뷰 중에 프랑스 요리 솜씨와 색소폰 연주 실력을 보여주었다)

＊ 색소폰으로 군악대에서 군 복무를 할 정도였으니 아주 어린 시절부터 친했어요. 저는 특히 클래식 음악에 몰두했어요. 고교 때부터 베토벤 교향곡을 외울 정도로 음악에 진심이었죠. 마에스트로인 장 귀유(J. Guillou)의 파이프 오르간 연주를 듣기 위해 파리의 생 웨스타슈(Saint-Eustache) 성당을 찾기도 했어요. 또 폴란드 그단스크에 있는 올리바(Oliwa) 성당도 방문하여 음악에 푹 빠진 적도 있어요.

정말 다채로운 빛깔로 인생을 사셨군요.

＊ 저는 이곳을 60세인 2014년 7월에 개업했습니다. 10년이 다 되어가네요. 기관장 항해 인생 20년 그리고 10년의 대학 교수 인생도 마쳤습니다. 돌이켜보니 저는 음대를 못 갔어도 음악에 대한 꿈이 있었기에 낯선 어느 항구에 기항할 때마다 음악회 동향을 점검했습니다. 지금도 국내외에서 직접 구한 8,000장의 음반을 소장하고 있어요. 연구교수로 재직할 때는 후학들을 위해 모든 걸 쏟아부었죠. 치열한 여름 한낮 같았어요. 하지만 지금은 저만치 미루어 왔

던 삶, 즐기는 삶을 살고 있습니다. 아내, 가족, 친구들의 사랑 덕분이기도 합니다.

'궁극의 스피커'라고 일컬어지는 The Hartsfield를 소장한 이유를 알겠습니다. 세상의 많은 면모를 경험하셨는데, 어떤 삶이 좋은 삶일까요?

✻ 좋은 삶요? 골목 스타일의 음악당, 미술관 그리고 극장과 카페가 많은 도시에서 살아야죠. 그리고 저마다 일과 삶의 균형점을 찾아 살아야 해요. 그 균형점의 질을 높여야 해요. 저는 이들을 위해 음악과 음식을 제공하려 합니다.

해운대 앞바다엔 폭풍도 윤슬도 가득하다. 모든 것 계절 따라 피고 진다. 인생길, 어느 계절로 살든 모두 다 이유 있다. 강희영은 이제 계절의 정박지를 지나는 이에게 즐거움을 주는 일을 즐긴다. 치열하게 일해왔던 강희영은 이제 일 밖에서 인생 가치를 발견하는 전환을 한 것. 그는 어린 시절 베토벤의 교향곡을 특히 좋아해 음악가가 되고 싶었다. 좀 커서는 엔지니어가 되고 싶어 바다를 항해하고 대학 교수 활동도 했다. 그리고 이제는 하츠필드를 통해 나오는 대왕고래보다 웅장한 음악과 함께한다. 이곳에서 노벨문학상 수상자 로맹 롤랑(R. Rolland)이 '걸작의 숲'이라고 한 베토벤의 운명 교향곡을 프랑스 가정식과 함께 제공해 준다. '일하고 있지 않을 때 당신은 누구인가?'라고 질문한 작가 시몬 스톨조프(S. Stolzoff)도 엄청나게 감명받을 인생이다.

강희영의 인생2막 힌트

열심히 일했던 당신, 이젠 일도 삶도 즐겨라!

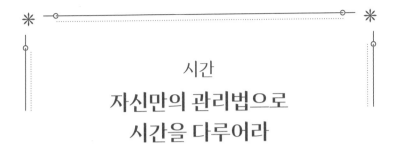

시간
자신만의 관리법으로
시간을 다루어라

48년 차 싱어송라이터 최백호

노래는 인생사와 함께한다. 그러기에 좋은 가수가 있어 희망과 절망, 사랑과 이별의 모든 순간에 함께 나이 듦은 고마운 일이다. 더구나 그가 또다시 전성기를 타고 있다면 얼마나 반가운가? 고단한 삶에 더없는 위안이 된다. 이번에는 피고 짐이 가벼운 가요계에 또 한 번 전성기를 보여주는 이가 있어 만났다. 일흔 중반의 나이에도 건재하다. 원숙한 청춘이다. 마침 대구 수성구에서 콘서트를 한다기에 달려갔다.

오늘 어떤 행사인가요? 통산하여 몇 번째 콘서트인가요?

최백호 가수가 2024년 데뷔 40주년을 맞아 전국 순회공연을 하던 중일 때 수성아트피아 공연장의 개막 모습

  ＊ 2024년을 기준으로 가수 데뷔 40주년을 맞이하고 있습니다. 콘서트가 몇 번째인지는 모르겠지만 지금 6년째 전국으로 다니며 순회공연을 하는 중입니다.

  요즘 후배들과 협업을 많이 하신다던데 누구와 하셨나요?
  ＊ 어쩌다 보니 후배 뮤지션들과 어울리는 일이 많아졌어요. 가수 주현미 씨도 했었지만 린, 아이유, 에코브릿지의 이종명, 지코, 스웨덴세탁소, 이현, 친친탱고, 옐로은 등 일일이 들기 힘들 정도군요.

  독자들은 이쯤 되면 누군지 알 것이다. 바로 낭만가객 싱어송라이터 최백호(74)다. 그는 현재 나이 74세인데 한 마디로 더 융성해

지고 있다. 돌이켜보면 지금의 60대 대중들은 모두 '최백호 세대'
다. 고교 시절 어디서든 '내 마음 갈 곳을 잃어'나 '입영 전야'를 부
르고 다녔다. 실로 그는 1977년 '내 마음 갈 곳을 잃어'로 데뷔한 후
'입영 전야', '영일만 친구' 등 수많은 히트곡을 남기며 동 세대의 일
상을 함께했다. 중년이 된 후에도 즐겨 부르던 '낭만에 대하여'는 오
죽한가. 그런데 그가 또 전성기란다.

후배들과 함께 작업하시면 잘 맞나요?

＊ 차이의 이질감보다는 공부가 많이 된다고 하는 것이 정확할
겁니다. 호흡법, 소리내는 법 등이 새로워 저 스스로 공부를 많이 하
게 되더군요. 젊은이들이 대중들과 소통하는 방법에 대해서도 배운
게 많았어요.

후배 가수들에게 협업하자고 먼저 제안하셨나요?

＊ 저는 제가 나서서 일을 벌이지는 않습니다. 평생을 살아오면
서 복잡해지면 좋지 않다. 단순한 것, 자연스러운 것이 좋다는 생각
을 고수하고 있습니다. 지금까지 매니저 없이 활동해 온 것도 이 때
문입니다.

며칠 전 가수 나훈아(77)가 은퇴를 시사했듯이 가수로서 70 중
반까지 활동하긴 쉽지 않다. 그는 1976년 그러니까 26세 때 데뷔

곡 '내 마음 갈 곳을 잃어'로 빅 히트를 친 이후 '영일만 친구', '고독' 등으로 전성기를 구가했다. 그리곤 그 후 침체기를 겪다가 45세인 1995년 '낭만에 대하여'로 다시 제 2의 전성기를 구가했고, 70줄에 들어 이제 제3의 전성기에 올라타고 있다. 이번 전성기의 특징은 후배 뮤지션과의 협업이다.

'부산에 가면'을 프로듀싱한 에코브릿지의 이종명은 "나에게 최백호의 음악은 목소리 하나였다. 톤 자체가 음악"이라고 존경을 표했더군요.

＊ 나이 든 저의 목소리가 필요했던가 봐요. 70대까지 활동하는 가수가 없어서 그런 걸까 모르겠어요. 저는 가수 린과 어울릴 때도 좋았습니다. 저번에 트로트 경연대회 후 린에게 "제자리를 찾았다"고 문자를 보내주기도 했어요.

대중 가수의 어려움에 대해 궁금합니다. 내리막길이나 슬럼프 때 어떻게 견디어야 할까요?

＊ 저의 경우 견딘다기보다는 그냥 있을 뿐이었습니다. 천성이 그래요. 과거엔 1년 내내 수입이 하나도 없을 때도 있었는데, 그때도 그냥 있었어요. 저는 인기 같은 것을 크게 의식하지 않습니다. 그래서 팬클럽도 없어요. 대중가수로서 성공하기 위해서는 자기 이름, 실력, 노래라는 삼박자가 맞아 주어야 해요. 그리해야 계속하는

힘이 나오죠. 얼마 전 노래 경연에서 가수 김용필 씨가 어이없는 실수 때문에 탈락해 버렸는데, 그에게 말했어요. "레이스는 아직 안 끝났다. 이제 시작이다. 겨우 한 번 넘어졌을 뿐이다." 가수들은 인기가 있을 때는 있을 때 대로, 없을 때는 없을 때 대로 자기만의 관리법을 통달해야 합니다.

있거나 없을 때의 자기만의 관리법은 가수나 연예인 아닐지라도 쉽지 않다고 봅니다. 가수님은 일상생활 중 자기관리를 어떻게 하시나요?

무대에서 몰입하여 노래하는 싱어송라이터 최백호의 모습. 그는 70대 중반에도 후배들과 호흡을 맞추며 무대에 서는 낭만가객이다.

＊ 매일 아침 6시 30분께 일어납니다. 그리곤 2시간 정도 작업을 하죠. 노래를 공부하거나 그림도 그리죠. 그림 개인전은 7번인가 했

어요. 이제 풍수지리를 공부한 지도 2년 정도 되었습니다. 아침 2시간은 저만의 정신을 가다듬는 시간이죠. 밤에는 2008년부터 진행해 온 SBS 라디오 '최백호의 낭만시대'를 진행하러 나갑니다. 잠은 4시간. 짧습니다. 안정과 균형이랄까요. 저는 이 루틴을 지키지요.

나이 든 가수분들이 목소리가 잘 안되는 경우를 종종 봅니다. 목소리는 어떻게 관리하시나요?

＊ 목소리는 별도로 관리하지 않습니다. 노래를 흥얼거리는 식으로 해온 덕분인지는 모르겠지만 요즘은 고음도 잘 되고, 폐활량이 더 커지는 것을 경험하고 있습니다. 그런데 가수는 자기만의 목소리 색깔을 가지는 것이 매우 중요합니다. 물론 80%는 타고나는 것이죠. 바비킴이나 약간의 비음을 내는 린의 목소리는 매력적이죠. 송창식 선배는 범접할 수 없을 정도입니다.

인터뷰 내내 그에겐 그만의 흔들리지 않는 스타일과 패턴이 있음이 느껴졌다. 운동장의 등나무처럼 자연스러웠고 빛나려 하지 않는다. 그는 작년에 출간한 산문집 『잃어버린 것에 대하여』(마음의숲, 2023)에는 '인생의 성成, 패敗는 진정성에서 결정된다고 생각한다'고 쓰여져 있다(P.29). 그에겐 그만의 특유한 우수와 함께 항상 자제하는 자세와 진정성이 우러나왔다.

48년째 노래를 불러오셨군요. 가수로서 70대는 어떤가요?

＊ 본격적으로 놀만하니 늙어버렸다는 생각이 들긴 하지만(웃음), 20~30대 때는 참 많이 방황했어요. 그런데 70대가 되니 모든 게 고마워지네요. 많은 인연의 작용에 의해 여기까지 온 것도 고맙게 느껴지고요. 60대 때는 못 느꼈던 것, 몰랐던 것도 있더군요. 죽음이 현실로 다가오고요, 70대에는 확실히 60대에 가졌던 미련과 욕심을 내려놓게 되더군요. 손주들을 시집이나 장가보낼 때까지 살 수 있을까, 하는 생각도 일어나죠. 그러니 오히려 편안해져요. 시간이 소중해서 당연히 적절한 긴장감도 즐길 수 있게 되더군요. 이런 표현으로 말씀드리기 좀 뭣하지만, 제 노래가 도달하고 싶은 진정성에도 더 다가가게 됩니다.

'찰나'도 반응이 좋던데, 그렇게 나왔나 봐요?

＊ '찰나'는 저의 인생 70대를 기념하여 발표한 앨범의 타이틀 곡명입니다. 70대라고 총 7곡을 수록했는데, 싱어송라이터로서 저는 노래 대부분을 저의 삶의 경험에서 건져지는 음률과 의미에 기반하여 만듭니다만 후배 뮤지션들이 많이 해주었어요. 정승환, 타이거JK, 콜드, 죠지 등 뮤지션들이 앨범을 멋있게 만들어 주더군요. 가수 정미조 씨도 깊은 목소리를 주셨고, 가수 지코가 앨범에 오픈 내레이션을 해주어 아주 매력적으로 되었어요.

가수로서 좋은 모습 보여주셔서 감사합니다. 인생이모작기의 사람들에게 한 말씀 해주시겠어요?

✻ 글쎄요. 저의 경우 나이가 들다 보니 시간의 가치를 새삼 생각하게 되더군요. 자기만의 관리법이 중요한 것 같습니다. 이를 만들어 실행하면 좋겠습니다.

노래에 자주 등장하는 부산과 바다는 어떤 존재인가요?

✻ 부산은 바다, 어머니와 함께 저의 근간 정서입니다. 그래서 이 셋은 저의 모든 노래에 함께합니다. 특히 기장은 제가 자란 곳이라 애정을 더 가지고 있습니다. 제가 다닌 일광초등학교는 지금 부산예빛학교로 개편되어 음악, 미술 분야 학생들을 양성하고 있습니다. 교가를 제가 만들어 주었어요. 어린 시절 타고 놀던 운동장에 있는 나무를 '최백호 나무'로 지정했더군요. 부산에 가면 시간 나는 대로 살짝 혼자 가보기도 합니다.

인터뷰를 마치고 나는 콘서트 관객석에 앉았다. 조금 전 나와 대화를 나누던 그는 무대 위에서도 여전히 변함없는 자세였다. 70대의 내공을 느낄 수 있었다. 애태우는 모습이 없어 치유받는 느낌의 공연이었다. 두 시간 솔로 공연은 편안하면서도, 금방 지나갔다. 공연을 보는 내내 나에겐, 그가 나서 자라던 기장군 지역에 여여한 이런 인생가수의 전용 홀이 있다면 좋겠다는 생각이 들었다.

그는 세월이 녹여준 목소리를 팬들에게 들려주기 위해 여든, 아흔에도 무대에 오를 것이라고 한다.

유튜브 '최백호의 낭만 is Back'에 들어가 보았습니다. 세 번째 전성기의 테마는 '치유'인 것 같아요.

＊ 제 유튜브에는 눈물을 흘렸다는 분이 많더군요. 전번에 BTS의 뷔가 SNS에 제 노래 "'바다의 끝'을 듣고 정말 많이 위로됐어요."라고 그의 팬들에게 이야기하자 LP가 싹 다 나가고 SNS 조회수가 엄청났던 적도 있었어요. 70대가 되어 제 스스로 편안해지고 저의 목소리도 편안해지니 노래도 대중의 고단함을 치유하는 데 도움이 되나 봐요.

확실히 가수 최백호는 깊다. 일단 호흡이 달라져 탁성의 소리가 더 편안하다. 그가 말했듯이, 한 번의 호흡을 두세 번 나누어 호흡하는 '내려놓음' 때문일 것 같다. 그는 여든에는 여든에 맞는, 아흔에는 아흔에 맞는 호흡으로 노래할 것이라고 한다. 그 호흡법은 그가 젊은 사람들에게 보내는 메시지와도 연결되어 있다. 그는 말했다. "삶은 그렇게 심각하지 않다. 지나고 보면 고통, 외로움, 아픔 같은 것들 아무것도 아니다. 이 찰나에 살아있다는 것만이 중요하다. 세상이 너를 보호할 것이다." 노벨 문학상을 받은 영국 정치인 윈스턴 처칠(W. Churchill)은 "모두에게 전성기가 있지만 어떤 이들의 전성기는 다른 이들보다 더 길다."고 말한 바 있다. 콘서트 중에 최백호는 팬들에게 호랑이 같은 소리로 물었다. "제가 아흔 살 때 앨범 내고 콘서트 열 때도, 여러분들 오실 거죠?" 팬들은 밝은 목소리로 화답했다. "예~"

싱어송라이터 최백호 유튜브 - 낭만 is Back
https://www.youtube.com/@nangmanisback

최백호의 인생2막 힌트

시간의 가치를 인식하라. 자기만의 관리법을 실행하라.

세상 모든 것에 감탄하는
지혜로운 사람들의 공간
호밀밭

인생2막, 고수들의 인생작법

ⓒ 2025, 고영삼

초판 1쇄	2025년 01월 10일
지은이	고영삼
펴낸이	장현정
편집	이영빈
디자인	김희연
마케팅	최문섭, 김명신
펴낸곳	호밀밭
등록	2008년 11월 12일(제338-2008-6호)
주소	부산광역시 수영구 연수로 357번길 17-8
전화	051-751-8001
팩스	0505-510-4675
홈페이지	homilbooks.com
전자우편	homilbooks@naver.com
ISBN	979-11-6826-209-6 03810